周瑟瑟
主编

中国当代诗歌年鉴

2022
卷

黄河出版传媒集团
阳光出版社

图书在版编目（CIP）数据

中国当代诗歌年鉴. 2022卷 / 周瑟瑟主编. -- 银川:
阳光出版社, 2023.12
ISBN 978-7-5525-7181-3

Ⅰ. ①中… Ⅱ. ①周… Ⅲ. ①诗集 - 中国 - 当代
Ⅳ. ①I227

中国国家版本馆CIP数据核字(2023)第235864号

中国当代诗歌年鉴. 2022卷　　周瑟瑟 主编

责任编辑　陈建琼　谢　瑞
封面设计　晨　皓
责任印制　岳建宁

黄河出版传媒集团
阳光出版社　出版发行

出 版 人　薛文斌
地　　址　宁夏银川市北京东路139号出版大厦（750001）
网　　址　http://www.ygchbs.com
网上书店　http://shop129132959.taobao.com
电子信箱　yangguangchubanshe@163.com
邮购电话　0951-5047283
经　　销　全国新华书店
印刷装订　宁夏凤鸣彩印广告有限公司
印刷委托书号　（宁）0028019

开　本　710 mm × 1000 mm　1/16
印　张　21.5
字　数　300千字
版　次　2023年12月第1版
印　次　2023年12月第1次印刷
书　号　ISBN 978-7-5525-7181-3
定　价　98.00元

诗学的辨认

——序《中国当代诗歌年鉴》（2022卷）

周瑟瑟

我们想谈的必须基于诗人的文本，各路英雄豪杰浩浩荡荡，每年写出多少诗篇，每年有多少值得记录下来的观点与思考，想想就令人肃然起敬。

诗学的辨认是一项艰难的工作，但以诗人文本为谈论的基础就好办了。我将从“经验写作：认知诗学”“口语诗歌：节奏控制逻辑”“观念写作：阐释与反阐释”“女性写作：意象的弥散”“意味诗歌：从无中写出有”“硬汉写作：体验的快感”“孩子的诗：天真之歌”七个方面展开讨论。

经验写作：认知诗学

认知诗学有很多种途径，可以通过具象认知或抽象认知的方式。不同的诗人会有不同的认知诗学。欧阳江河的诗学自中年写作之后，发生了根本的转向，由语言的迷宫走向了现实的迷宫，知识、历史、时代、心灵在他的语言经验里得到了生动的再现，他给当代诗歌提供了语言再造的令人眼花缭乱的图景。我们从欧阳江河的诗歌里获得了一种全新的认知诗学，鲜活的当代血液流淌在他的诗学血管，因为他的诗信息量庞大，具备敏锐的观察力才能跟得上他的语言节奏，才能越过他设置的层层关卡。

第三代诗人还在诗歌现场的所剩不多，年过六十之后，要保持持续的创作活力，对于有些诗人来说并非易事。柏桦一直在写，并且不爱露面，前几年我到成都参加第一届成都国际诗歌节时，只见一把空座椅，我打电话给他，说了什么记不太清了，但他避世与隐匿的状态久矣。柏桦的新作不难读到，他似乎每周都通过微博更新作品，这一点与其他尚在写作的第三代诗人不同，他并不装，他是一个完全沉浸在个体写作状态的诗人。历史传奇与身边的朋友都在他的诗里重现，读他的诗如读一部文化史。

梁晓明他们当年搞的“北回归线”不再提了，但他保持了创作的鲜活度，是用作品说话的诗人。张清华作为批评家诗人，近年在诗歌创作上并不逊色于他的批评，诗歌文本与批评话语同时发力的不在少数，但他换了一幅面孔，以“华清”诗人的形象出现，似乎有意隐去他的批评家身份。

北大诗人臧棣，清华诗人西渡，浙大诗人蔡天新，以及桑克、蒋一谈，他们身在学院或在学院之外，但语言的鲜活度并不亚于民间诗人，只是表达的方式不同。作为小说家的蒋一谈，他在叙事方式上走了另一条路，给诗歌更加陌生化的人文气息。我读他们的诗时大呼过瘾，他们在改变书面语，让书面语在诗里有了新的气象。

60后诗人余怒、宋逖、向以鲜、姚风的写作呈现出语言经验高于现实的特点。余怒的先锋有目共睹，他的贡献在于在语言内部开辟了一个新的战场，属于余怒一个人的与语言搏斗的战场。宋逖作为老北京诗人，他像一只大猫，隐逸，特立独行。细读他的诗歌文本，语言内在的弹性与伸缩，既紧张又活泼，他制造了语言新的空间，意义由此产生。

70后诗人谭克修、李建春、世宾、太阿，他们集合在“经验写作：认知诗学”里，这并非我作为编者的权宜之计，我觉得他们各自贡献出的经验与认知，越来越突出，不过他们与60后一代有明显不同，他们来自个体的生命体验大于语言经验本身。谭克修、李建春从家庭出发的写作，甚至成为一个诗人最动人的部分。世宾与太阿在广东，广东诗人潮湿多雨的语言气息更浓重。理性叙事是他们这一代诗人的整体诗歌文化背景，但个体经验给他们的写作带来了新的介质。

80 后诗人蒙晦、唐不遇与 90 后诗人李壮等不同年龄代际诗人的写作，呈现出不同的诗学经验。80 后向内挖掘，90 后向外扩展，向内与向外，大家走向不同的方向，才是拒绝回头的新生力量。

口语诗歌：节奏控制逻辑

沈浩波在《我喜欢的诗和诗人》这首诗中表明了他的诗学观点：“我喜欢威廉斯远胜艾略特 / 我喜欢事物本身而讨厌象征”，“我喜欢布莱希特远胜策兰 / 我喜欢直接面对而讨厌修辞”，“我喜欢帕拉远胜聂鲁达 / 我喜欢诗本身胜过漂亮句子”，“我喜欢布考斯基胜过金斯堡 / 我不喜欢成为标签和符号”。时至今日，关于口语诗歌的好与坏、正确与否，已经不需要再讨论了。当然你大可以像沈浩波一样喜欢或讨厌。

口语写作是一种无边的常识。语言的常识是无边的，又是反常识的，世界口语先锋写作的大师尼卡诺尔·帕拉提出“反诗歌”。沈浩波的磨铁图书公司推出了帕拉的诗集《反诗歌：帕拉诗集》。我到帕拉的故乡智利奇廉市做过一次诗歌朗诵交流，当时没有见到他本人，几个月后他去世了，享年 103 岁。我认为口语写作是通过语言的节奏来控制逻辑的写作，是把意象写作、抒情写作转变为现场的即时性的写作。

读伊沙的近作，当代性十分强劲，节奏控制了诗的内在逻辑。其实伊沙诗的趣味性、即时性、现场感背后有严密的诗意逻辑，简约的表象背后有坚固的结构，像一块戳在那里的石头，不管你的态度怎样。

严力当然很有代表性，他从朦胧诗时代而来，跨越了中国当代诗歌 40 多年的历程，他思想的定力持久而稳定。严力是典型的简语写作，语言极简。简语写作从朦胧诗时代开始，将语言的修辞剔除之后的当代诗歌，不仅干净，而且海阔天空，令人回味无穷。读这首《味道》，我感觉到了久违的亲切，仿佛写的是我自己的生活。“阳光在窗台上 / 溅出湛蓝无云的天空时 / 掠过的飞鸟

/ 把嘀呜 / 抹在了我的面包上 / 今晨口腔里的回声 / 充满了久违的 / 森林之味”。

“拒绝隐喻”的于坚隐含了温情，节奏控制逻辑在他这里是另一番体现，语言发出了嗒嗒嗒的马蹄声，如手指敲打在密电码发报机上。《一只黑猫》“回忆祖母在世时 ”，此时的于坚是一个时间深处的诗人，他站在舞台中央独自言说，像一幕舞台剧，“它走过来说 / 吾即黑夜”，诗句如台词，一字一句往外蹦，大幕启开又关上，这是当代戏剧的诗的表现形式，让我想到诺贝尔文学奖得主约恩·福瑟，他的戏剧就是诗。于坚的诗就是戏剧。

奥地利诗人维马丁是坚定的口语写作者，他回国路过深圳，我们得以相见，他把我们在喝酒时说的一个话题写成了诗。我们当时说的是“抑郁”，而作为奥地利人的他听成了“意义”。在“抑郁”与“意义”这两个词语之间，维马丁发现了诗的存在。外国人写中国诗，从目前几位外国人写汉语诗歌来看，他们只能写口语诗。这一点说明了什么？说明了口语是人类的第一语言，并且是构成诗的第一语言。

观念写作：阐释与反阐释

我不满意当代许多诗歌文本没有观念与思想，只有语言苍白的游戏。观念是重要的，失去了观念就失去了灵魂。“观念写作”也是当代诗歌的趣味性写作，是“抽象表现主义”式的写作。

“观念写作：阐释与反阐释”是我提出来的一个观念。只有在“阐释与反阐释”之间才能确定真正有效的观念，也就是说当你携带一个观念开始写作的时候，同时要以“阐释与反阐释”的方式去面对它。首先，观念要可以阐释的，不能阐释的观念是不存在的观念。其次，你在阐释的同时又无法阐释，你要努力让自己处于两难困境之中。

骆家是诗人翻译家，他的理性被“趣味性”冲淡了，而变成了“抽象表现主义”式的写作。请读他这首《这个季节的天空最像刚撕开的酸奶盖》，“这些调皮的云太漂亮了，好似 / 被妈妈强按着头洗过的脸一样透亮 / 但这个季节

的天空最像的 / 还是刚撕开的酸奶盖 / 让你去舔”。在诗的题目中给出观念，然后通过一个有趣的叙述，来阐释“这个季节的天空像什么”的观念，但整体上诗是反“阐释”的，甚至诗是不必“阐释”的，在二律背反中确定了诗的观念。

谢君、吴少东、喻言、阿斐、黄礼孩等人的作品都有“观念写作：阐释与反阐释”的路径，他们的诗歌文本让我看到了诗的语言变化的过程，一个事件已经不是一个事件了，而是诗的一个观念，并且他们写出的不仅是诗的意义，而且有强烈的“阐释与反阐释”性，让诗跳出原来的事件而独立为一个新的观念。

女性写作：意象的弥散

女性写作是一个诗学概念，但我更愿意落实到具体的文本上来谈。我读到娜夜的《效外》时，感受到一股“意象弥散”的气息。“没有人 / 就是没有我想看见的人 // 蝴蝶　蜜蜂　蜻蜓都不认识他 // 松鼠放弃了一次跳跃 / 熟透的果实　内核是坚硬的 // 雪地上有三重阴影：我的　树的　寂静的 // 失去听力的喜鹊 / 嘴巴闭得更紧了 //——没有召唤　必须自我唤醒”。

娜夜给我提供了一个“意象弥散”的文本，动物与“我”都处在“弥散”的状态，诗也是处在不确定向确定过渡的状态，这是娜夜“没有召唤　必须自我唤醒”的女性写作精神指向。

“召唤”与“自我唤醒”无疑是两条重要路径，要么“召唤”，要么“自我唤醒”。女性写作并不需要承担过多的历史使命，当“没有召唤”的时候，就“必须自我唤醒”。女性解放与自我唤醒是从外到内的一个进步的过程。

20 世纪 90 年代翟永明的“黑夜意识”是女性创作意识的觉醒，在今天已经不是一个问题，身体写作也不是女性写作的最有力的方式，我们经历了社会身份、女性身体与命运的多重解构，现在一切都有了新的认识。诗回到了诗本身，而不仅是性别与身份所决定的。所以，我更愿意从女性写作的“意象弥散”来观察新的女性写作。

李南的《山中生活》是典型的“意象的弥散”性写作，诗是清新宜人的，看不出作者的女性意识，而呈现的是自身的觉醒：“鸟鸣时 / 我读了一首诗 / 瓦房下 / 锦葵含着露水 / 端起酒杯 / 雨点准时鼓掌 / 走下山坡 / 清风不请自来 / 天黑前 / 我把你又想了一次。”通过“意象的弥散”，给诗带来了现代性的转向。转向了自然的渗透与自我的生命体验。

“80 后”诗人黑瞳的《城里的鸡叫》：“半夜十二点 / 小区里突然响起鸡叫 / 叫得又高又长 / 夜幕下 / 公园安静 / 楼房的灯渐次灭了 / 那只孤独的鸡 / 需要使上十倍的劲 / 才叫家乡的亲鸡听得到”。她关注的是物的感受，实际上是孤独的个体的感受。生活发生了根本的变化，诗随之而来的变化更是巨大的。在新一代的写作里，女性写作不必要单独拎出来分析，拎出来分析本来就是错误的。人类才是写作的对象，而不只是女性。“孤独”在黑瞳这里通过城市的一只鸡的叫声来表达，“那只孤独的鸡 / 需要使上十倍的劲 / 才叫家乡的亲鸡听得到”。

孤独的鸡使上十倍劲的叫声，才叫家乡的亲鸡听得到，“意象的弥散”让人忧伤而心惊肉跳。

意味诗歌：从无中写出有

“意味诗歌”就是从无中写出有。20 世纪 80 年代末期我老家的成明进先生与我倡导“意味诗”。三十多年后，我重提“意味诗写作”，它朴素的本质性的诗学理论，触及到中国古典诗学、当代诗学的诸多问题与层面。

梁小斌作为老朦胧诗派诗人，他的《推敲新说》就是从无中写出有，他说“永恒即是诗魂”，“何谓推敲 / 一位凡心者永远只知推门”，而“另有一位敲门老僧回寺 / 敲击声引出幼童开门”。“意味诗歌”是一种诗歌意义发生机制，梁小斌在“推”与“敲”中来回考量，提出了“推敲新说”。他仿佛一位诗的高僧，沉浸在传统典故与当代冥思之间。

在中国传统诗歌文化中，“意味”是一种优雅的诗歌美学，体现了中国人的涵养与深度，可以说“意味诗歌”由来已久，在当代诗歌里“意味”包含了语言、形式与现代性思想。英国形式主义美学家克莱夫·贝尔在其著作《艺术》中提出:“有意味的形式(significant form)”。他所强调的是“审美感情”,是激发审美感情的意味和“形式或形式间的关系”。

当代诗歌强调语气、语感所构成的“意味”,“意味”脱离了中国古典诗歌的意境与味道,而走向了更为模糊的不确定的当代意识。诗人只有具备了当代意识,才能写出有当代意味的当代诗歌。

在无中写出有是古典诗歌与当代诗歌共同的价值与方法。从古典走向当代,在这一漫长的过程中,当代诗歌在冥思中突破与创新。克莱夫·贝尔提出审美情感是由对艺术的纯粹的形式关系的“凝神观照”所引起,而所谓“意味”则指的是消除了任何利害关系、不同于一般日常情感的审美情感。

克莱夫·贝尔强调“凝神关照”与“审美观照(aesthetic contemplation)”。“凝神关照”是老子的道法自然思想,即无为而为的审美方式。“审美观照”是中国古典审美中的“静观”。王维在《酬诸公见过》一诗中写道:“静观素鲔,俯映白沙。”

梁小斌颇有老庄意味,他从朦胧诗开始,走向当代意味,以“推”与“敲”禅定冥思的方式持续写作。

张执浩也是一个静坐闭目冥思的诗人,他在《三月的最后一个下午》中写道:“窗外在发芽,或开花/我已经准备好了/周身再无挂碍之物/一切都是诗,任何悲喜/都可以轻松找到我”。“我”的无所不在,了无自性,观于空无而不舍大悲。空无是诗的本源,空无是一种有,是从无中写出有。

叶延滨在《齐物思》中写道:“船板也许是我,蚂蚁也是我/大海和沙滩都是这个世界赠与”,而“我”既是身外之物,又是物的一部分,物我一体,物我两忘。空无之心,超然物外。

江非的“推门声”与梁小斌的《推敲新说》同样敏锐,“人睡着之后的心/总是朝向门外细听着/那种一下一下试探着的推门声/往往令人心碎”(《风雪之夜》)。而王山通过《空镜头》说出了:“落雪时分/灵魂格外平静”,梁尔源发现了“当湖水在编织灵感/湖面就显得沉默”(《潜行者》)。

“心碎”“平静”“沉默”，这些词指向的都是心灵，是当代诗歌进入冥想后所发生的心灵反应。

硬汉写作：体验的快感

作为写作者的诗人，不需要任何理论术语来指导写作，写作时连心里有理论术语都不必。最应有的是一种个人气质，我所说的“硬汉写作”就是一种个人气质性的写作，并且是一种压倒式的气质。

因为有“硬汉写作”气质，从而区别于其他样式的写作，让你的写作具有坚实的内核，而不是柔弱无骨。“硬汉写作”气质背后是思想与立场，是坚定地朝向一个目标的语言、语气与节奏，是爱憎分明的写作，在重大诗学问题上不做“骑墙派”，好诗就是好诗，坏诗就是坏诗，只写自己的诗，而不写别人的诗。笔硬但可以心肠柔软、正直、坦诚，做人与写诗内在统一，不退缩，不妥协，坚持自己的诗学追求。

“硬汉写作”同时是一种叙述的策略，更是一种体验的快感。我们这个时代的诗歌缺乏的就是“体验的快感”，一种真正的技术的策略。那么“硬汉写作”的反面是什么？是过于柔弱，过于无力，甚至萎缩到没有表达的热情。很多时候失望和绝望来自于身体的、生理的，疲惫感无所不在，当代诗歌是时候需要“硬汉写作”了。

梁平在《沙发是我的另一张床》中声称：“黑夜是我的脸，沙发是我的另一张床。”他的诗歌语气冷峻，通过体验的快感获得精神的重量。他使用的是一种坚硬的简语，少修辞重语气，注重体验的快感。

赵原“孤独时画惠特曼”，他沉潜于诗歌文本的探索，时间越久文本越有说服力。他是沉默的70后诗人代表之一，沉默与孤独是他们最佳的精神状态。诗人活成这个样子该知足了，赵原是一个本质意义上的诗人与小说家，无论是诗人的日常生活还是精神生活，他都按照内心的律令执行。清洁的生命有一个固执的躯体，他可以称得上是一个隐秘的文本探索的榜样。他的诗歌建立起了强大的精神谱系，他在叙述方式、材料处理上作出了技术性的突破，同时在诗歌观念与思想价值上作出了独特的探索。我欣赏赵原一意孤行的文本探索与呈现出的沉默的力量。

樊子“见字如面”，“会爱的人都在月亮上荡秋千了，会哭泣的人也会在月亮上荡秋千。”他是语言的炼金术士，更像一个精神的洁癖症患者，从他身上可以感受到北岛、梁小斌那类诗人的理性气息，独立、孤绝是他的本性。他有商界身份又出没于民间诗歌江湖，将自我隐身于文本里，他将入世与出世调和到一个令人舒服的高度。

徐敬亚作为第三代诗人，他曾是朦胧诗最早的理论与批评家之一，但这个铁血硬汉依然年轻，爬山远游，像儿子一样起跳与奔跑，这是诗人永远年轻的样子，年轻意味着先锋与坚定。诗如其人，热情浩荡，“72 头牛 / 一年又一年 / 一头头牛向我奔来，我的身体里 / 装满了 72 头”。

黄明祥的文本透露出仙风道骨。他将诗歌与艺术混为一体，近年将精力转向纪录电影。他的诗在《隐居》，“随便养一些鸟，从鸵鸟的奔跑与企鹅的潜水 / 看见飞翔。从杜鹃与喜鹊的鸣叫中 / 分辨喜悦与悲伤”。好诗自有神秘的气质，黄明祥的写作说明诗是一种幻觉。

陆健写《杜甫和李白》：“在夔州，我向《秋兴八首》致敬 // 他遥望长安，驰骋想象 / 沉郁的歌声震烁千古”。诗雄浑的气势在陆健这里扑面而来，历史的面容与当代的面容重叠。

霍香结的《船歌》：“我要挖一艘船，它埋在水里 / 我挖出船头，挖出船尾，挖出桨”。他是文学人类学的小说家与诗人，在山上住了多年，他将生活变成了职业写作。

程维的《西西弗斯》：“推石上山，徒劳而无功算我 / 最大的自矜，一首诗写出，随即 / 忘掉。”程维是诗人、小说家与画家，是多种表现形式的综合体，他在反讽与反思、历史与现实中处理个人体验的快感。

我喜欢当代生活自身宝贵的“材料”，“材料”是构成诗的要素，不要对“材料”进行过度化处理，保持“材料”的鲜活与观念。艾伦·金斯伯格《一天早晨，我在中国漫步》《北京偶感》《嚎叫及其他诗》等作品，所表现出来的生猛与硬汉作风，在我们的当代诗歌里很少见了，在二十世纪八九十年代还有诗人会这样写，而现在似乎只会写精致的打磨得光滑漂亮的诗了。

我在此呼唤诗人的个性与个性的诗重新回来。

孩子的诗：天真之歌

孩子的诗是天真之歌，是生命自然状态下所体验的诗，语言与节奏自然生成，没有经过语言修辞与诗歌标准的污染，反而保持了纯粹与原始的感觉。

朱雨晗的《旅游》："我的牙 / 去旅游了 / 好久没有回来 / 是不是玩得开心 / 忘记了回家呢"。趣味与鲜活是孩子的诗的特点，孩子写诗是贴着自身的感受与体验写，这反过来给成年写作者提供了一个最本质的写作方法，不要脱离了自身的感受与体验。朱雨晗另一首《米花筒》："我在米花筒里 / 看到了 / 妈妈 / 正在米花筒里 / 看我"，七岁的孩子用游戏的方式实现了诗内在强烈的节奏，这就是分行的艺术。

何筱柚在《香蕉》中体现了她的奇思妙想，"香蕉吃多了腿会变弯，/ 因为香蕉是弯的"。符合 7 岁孩子的想象与好奇，在孩子成长过程中，这样奇特的想法很多，这就是诗的萌芽。她另一首《云吞》，"我想吃云吞 / 用天上的云做的那种"，有趣而好玩，孩子天真的想象就是诗。

再读一首何筱柚的《孩子》："妈妈，嬷嬷在的时候，你是孩子。/ 等嬷嬷死了，你就不是孩子了。（注：'嬷嬷'，方言'外婆'。）"这首诗是孩子对妈妈说的话，但内在的诗的张力大得吓人，孩子无意中说出了死亡、亲情与成长的血缘关系，孩子尚不知这其中的残酷，但让大人读了内心忍不住颤抖。所以，为什么要读孩子的诗？因为孩子的诗可能会给你带来意想不到的感动。珍惜孩子每一次诗的萌动，让孩子记下奇妙的诗句，对于孩子与大人都是宝贵的生命体验，都是文学最好的开始。

何孝乔只有三岁，他还不会写很多字，所以他主要是"说诗"。"说诗"

是我一直倡导的针对低龄孩子写作诗歌的方法，引导孩子说出脑子里奇妙的句子，然后记录下来。何孝乔的《说诗》："天黑了 / 橙橙的晚霞去睡觉了"，"下雨 / 地面软软的"，"树叶水滴下来 / 我张开嘴巴 / 滴到我的嘴巴里"。这些由孩子的口说出来的话，构成了诗。我反复阅读，读出了俳句的味道，简单而意味深长，简单但有说不出的好。我们成年诗人写的诗往往高深莫测，往往需要通过复杂的修辞与结构来表达，我发现一个三岁的孩子，他简单的无意识的话，包涵的情感、体验与意义，超越了我们复杂的文本。所以，我发现简单的反而成了最有力的。

薛元霖的《快点慢点》写的是她的生活感受，有很多有趣的细节。最后两小段："哥哥啊 / 你说话慢点慢点 / 不然 / 你就吃掉了我的勇气 // 妈妈啊 / 你听我慢慢说 / 不然 / 我说的话 / 就被弹了回去"。六岁的薛元霖想象丰富，读她的诗就可以想到一个弹着舌头的小女孩。她写出了"吃掉了我的勇气"和"我说的话 / 就被弹了回去"这样出色的诗句。前面两段写的是"电梯啊 / 你快点快点"，"今天啊 / 你慢点慢点 / 我又不想幼儿园毕业了 / 我还想跟我的陈老师在一起"，"火车啊 / 你快点快点 / 我好想赶快到妈妈的老家"。诗在"快点"与"慢点"之间交替给出不同的故事，如西班牙诗人洛尔迦的谣曲一样具有跳动的乐感。丰富的童趣与超强的想象力，让一个六岁的小女孩的生活以诗的形式呈现出来了。简单而又不简单，快慢交互的诗意，上下诗行奇妙的逻辑，形成了一个完整的诗的世界。

喜欢写诗的年龄更小的孩子一波波上来了。姜二嫚、铁头、游若昕等 00 后正在长大，他们的诗读者不会陌生，因为在他们四至七岁时就引起了大家关注，写出了许多让人喜爱的出其不意的诗，证明了他们是中国当代诗歌奇幻的一代。

目录 CONTENTS

第三辑　观念写作：阐释与反阐释

第五辑　意味诗歌：从无从中写出有

第六辑 硬汉写作：体验的快感

第一辑

经验写作：认知诗学

欧阳江河

草 莓

如果草莓在燃烧，她将是白雪的妹妹。
她触到了嘴唇但另有所爱。
没人告诉我草莓被给予前是否荡然无存。
我漫长一生中的散步是从草莓开始的。
一群孩子在鲜红迎风的意念里狂奔，
当他们累了，无意中回头
——这是多么美丽而茫然的一个瞬间！

那时我年轻，满嘴都是草莓。
我久已忘怀的青青草地，
我将落未落的小小泪水，
一个双亲缠身的男孩曾在天空下痛哭。
我返身走进乌云，免得让他看见。
两个人的孤独只是孤独的一半。
初恋能从一颗草莓递过来吗？

童年的一次头晕持续到现在。
情人在月亮盈怀时变成了紫色。
这并非一个抒情的时代，
草莓只是从牙齿到肉体的一种速度，
哦，永不复归的旧梦，
谁将听到我无限怜悯的哀歌？

花瓶，月亮

花瓶从手上拿掉时，并没有妨碍夏日。
它以为能从我的缺少进入更多的身体，
但除了月亮，哪儿我也没去过。
在月光下相爱就是不幸。
我们曾有过如此相爱的昨天吗?
月亮是对亡灵的优雅重获。
它闪耀时，好像有许多花儿踮起了足尖。
我看见了这些花朵，这些近乎亡灵的
束腰者，但叫不出它们的名字。
花瓶表达了直觉，
它让错视中的月亮开在水底。
那儿，花朵像一场大火横扫过来。

体内的花瓶倾倒，白骨化为音乐。
一曲未终，黑夜已经来临。
这只是许多个盈缺之夜的一夜，
灵魂的不安在肩头飘动。
当我老了，沉溺于对伤心咖啡馆的怀想
泪水和有玻璃的风景混在一起，
在听不见的声音里碎了又碎。
我们曾经居住的月亮无一幸存，
我们双手触摸的花瓶全都掉落。
告诉我，还有什么是完好如初的?

华清

鸡鸣

暴风雨就要来了
为什么是一只鸡，站上它一生中的
最高处。它昂首向天，其实
只是对着它上方的另一根树枝
发出不安的叫声

暴风雨由远及近，这只鸡
低了低头，又一次扯起了嗓子
它的同类仰头看看
一脸无辜和茫然，之后又自顾自
寻找起地上的虫子

暴风雨来到头顶
雨点密集，如迎头鞭辟
所有鸡都躲入了檐下
盯着这雨中的异类，一直鸣叫着
目击它羽毛尽湿，瞬间变成了

一只难看的落汤鸡

春　游

冬蛰的茅草露出了嫩芽
他的脚步之轻——让小草喊出了疼
原野上空气沉滞不动，仿佛新婚少年
趴在新娘的身上，犹疑，懵懂

不知游走。说不清楚的气息
说不明白的心思，春带着蠢，带着虫子
软软地走出了家门，来到了田野，荒地
冒着野火似的烟气

女孩子说笑着，男孩子打闹着
他们的身体在悄悄蜕皮
蜕后的皮肤轻薄，红润，一如空气
易于过敏，易于受孕，易于哭泣

“童年的小火车没有开来”
这一次，是用掉了一生中最后的力气
走在面目全非的故乡草野
他的鞋子上，霎时挂满了旧时的尘土

臧
棣

关于睡眠

我的摄影师朋友喜欢给树照相。
最近，他告诉我
他能知道一棵树是否正在睡觉。

假如连续三天，一棵树上
都没有鸟栖落的话，
那么，它就是一棵已经睡着的树。

例外的情形也有。假如你听到鸟鸣，
却无法知道到底有几只鸟，
那么，这也是一棵睡着了的树。

复杂吗？当然不会比他们把人生看成一棵树更复杂。
有趣吗？有鸟在里面的话，
一切常会显得有趣。可靠吗？当然，不。

细　浪

在我和四只小松鼠之间，
约有三十米宽，一排浪
从绿荫的小毯子下醒来，
细得就像颤动的跳绳。

曾经被死死捆住的东西
就这样溶解着，
溶解在细浪举出的例子中。
而这样的听证会并不是每年都有。

又一排浪更细，澄清了
一尾鲤鱼的来路，
它无辜于慢悠悠，就像我初恋时
写过的一封笨拙的信。

被催眠的事物看上去
就像是被征服了，而我受困于
什么是赢得？与自我争论时，
我记起了我是如何被再次捆紧的。

另一排浪则细得需要
撒上一点碘盐。

我推敲着你留下的种子，
它们预言了隐蔽的丰收。

岸上，橄榄树的树叶
正洗着一副好牌。偶尔
我们也有机会加入进去，
出牌时，你的手像只跳进水里的青蛙。

柏桦

家庭生活

——致母亲

我一直在寻找一种家庭之美……
一种但愿找不到它的神秘之美。
——柏桦

我告诉了你吗？妈妈
六十一年前一个春天
的午后，我一下看见了
旦暮之间，已是千年

我记得当时我在北碚
电影院门口哭。妈妈
你别进去，我们不看
电影，我们快跑吧！

如今我已六十六岁了
成都有个伊藤洋华堂
我每次跟你外出购物
都有一种少年的激动

仿佛我老了重获新生
我们还会活多少年？
还会一起上多少次街？

后来，那儿子在想……

大江在闪耀，世界热得
没有一个人，箴言是
恐怖的。我们会忘了
下午的大桥？你真会

恼恨我不敢往桥下跳？
是的，锯子和梳子还
那么神秘，装蛋糕的
黑铁筒呀直装到老年

是的，弹琴虽费指甲
说话虽费精神，但是
高痰盂因红花而鲜艳
越用越新直用到永远

父与子

半夜开始感觉到凉意时，父亲突然把我紧抱在怀里，然后抽抽噎噎地哭了起来。面颊上感觉到他的气息和泪水，我不由自主地做出退缩，甚至拒绝的动作。……和所有小孩一样，我认为一个男子汉是不应该哭的，身为父亲更应该进退有据，做一个尊严和智慧的楷模。……

——程抱一《天一言》，联经出版事业公司，2001，第19-20页

我们攀登！我们休息……
峨眉山深夜月亮下的树木
看上去真像一些土星上奇异的生物
多么可怕，他看疯了……

六十七年后的一天深夜，
在巴黎拉丁区一条无人的小巷
他回忆起当时接下来的一幕——
（一种疼痛的永恒感袭来！）

三十二岁的父亲怎么哭了
十一岁的我怎么突然生气了
我甚至还产生了一个奇怪的感觉
会不会是我生下了我的父亲？

（这应该是我长大了后的感觉吧）
我还会活多少年……？
爸爸，这怎么可能是幻觉？
“抱紧他，儿子！”

一个声音从天而降——
让我们一代一代的父亲
在儿子们的拥抱中
直哭到大城，直哭到世界……

谭克修

四个老人

四个老人在银杏树下
围坐着一张小方桌
简单的话语
回应着迟疑的手上动作

整个下午
他们安稳地坐着
神态悠闲
像被命运热爱过的样子

看太阳西斜到熟悉位置
他们起身，提着屁股下的凳子
往树荫外走去
拖着四片浓郁的阴影

他们慢慢走着
他们穿的不是深色衣服
但好像
能把自身融化进阴影里

他们没有走进自家房子
走着走着

都变成了阴影

把古同村凸显在巨大的夕阳之下

午餐前的魔术

两个男人并排着往前走
脸上挂着笑容
两张不停翕动的嘴
吐出的像是开心的事情

他们走到一个金属六面体前
一个门洞突然出现
胖男人向前伸出右手
瘦男人双手抓住它上下晃动

胖男人抽出右手
对着瘦男人挥舞了两下
瘦男人用右手挥舞了三下
然后被金属门关了进去

三分钟后胖男人来到门洞前
发现瘦男人已消失
他当作什么也没有发生
把自己也关进那封闭空间

很快那个门洞再次敞开
走出两个牵手的女人

看见玻璃后的大厅有一阵喧嚷

非常熟悉，又像刚刚发生

西渡

羊眼永恒

牧羊人拉开黄昏之门
接下洁白羊群，从天上
置入谷底的畜棚。

婴儿的哭声在隔壁。
垂直的光线望着
模糊如星丛的脸。

羊眼永恒，为人间守夜。

风　景

读一首诗，感到惊异。

旅途中一片奇异的风景。

道路催促我，使我无法停留。

后视镜中一闪，回头，风景不再。

余怒

旅客

一个秋日午后，
我坐在码头上看书。
一艘轮船因故障停泊。
几个男女倚着船舷，笑着望着我。
多年前，我也坐过轮船，也那样
注视过码头上的人们。
为同时存在而相互惊奇，
按捺住不喊对方。
来之地和去之地，漂移变幻。
我从不为身在书中还是身在
现实中而为难自己，觉得哪儿不对劲。
永远都有不知身在何处的恐惧净化我。

如此景物

八月的乡野，
不利于我的痛苦，
只会让人羞于其神秘。
远处有野树湖泊云朵，
我心中有一层世界在变蓝，
（此澄澈力量不易获得。）
如果这时，有人告诉我，
我们不会始终活着，我当然会受不了。
但要是我独自领悟出来，
便会转而向四面八方致谢：
静默及其蜂鸣；无花果树
及其无花果；如此的现在。

李建春

从未如此渺小

我仍然活着但生活再也感觉不到。
奔跑在一条路上感觉不到速度。
站在广场中央感觉不到
自己的重量。到排队的人群中去
感觉不到加入或离开。
从未如此奇异。从未如此渺小。
在感觉不到中遇见坏人
对他们愤怒有什么意义？
好人却加倍地好，
因为他穿越了重重抽象到你身边。

我放任金色的爱

我放任金色的爱在树林中
轻轻呼唤，埋首，未作回应。
死亡的丰收，舍弃的辉煌，
噙着泪水别过脸去，
却看秋天灰尘的深情，
虚白的一段路，淡漠，延展。

甜美的果肉被痛苦噬尽后，
长住的、有毒的核落入土里，
这是我向往的第二段人生。
长睡，但我能够苏醒！密语
你：为何我如此不同，
为何我开花一样纠缠，不死心。

金色的印记在树林中轰响，
久久未落下。死亡听任我这
荒凉人放逐了不知多少次
未完成的情绪。而我也是
那吞噬了自己的虚度者，
永远牵扯着关系拒绝被照亮。

梁晓明

大　雪

像心里的朋友一个个拉出来从空中落下
洁白、轻盈、柔软
各有风姿
令人心疼的
飘飘斜斜向四处散落
有的丢在少年，有的忘在乡间
有的从指头上如烟缕散去

我跟船而去，在江上看雪
我以后的日子在江面上散开
正如雪，入水行走
悄无声息……

桑
克

简论老年的老

书上怎么说就怎么说吧，
电视不也是滔滔不绝地描绘
月球坑与乌托邦命名的关系？
月亮变红色对商贩更有利还是对
天文台门票更有利？愤青不能
变成老愤青，流氓也是。
老之可怕比时刻表更广泛，而老
是不需要怜悯的，即使他扶着三足手杖，
即使回忆的力量如此强大……
甚至出现在一颗年轻的心脏之中，
出现在出人意料的石榴或者榴莲的
心脏之中。对老的垂青犹如
对生命的尊重。口号是可以喊喊的，
在旷野之中尤其需要。

心理旅馆

我相信你。
旅馆是安全的，隔壁和走廊
全是我们的人。我应该相信你。
对面楼和制高点全在我们的控制之中。
我应该相信你吗？
怀疑仿佛尖锐的冰锥，
怀疑仿佛半夜长出的倒戗刺。
走，立刻。我果断地下命令。
一切全都蒸发干净。旅馆是更加安全的。
只有我和你。你的脸干干净净。
隔壁和走廊全是我的隐形人。
我应该相信你吗？
把问号的钥匙挂在后腰上，
对面楼和制高点的瞄准镜全都在
我的控制之中。你颤抖的手
证明你是有感情的，但是它仍旧不足以
颠覆你的本质。你还是太想抓住这个机会了。
给你。给你我的后背。
我不想测试，我真的不想测试。我相信你。
我相信你终将出手。

蒋一谈

炉边低语

孩子，有些事物需要区分
有些要在心里默默体会：

灰鸽子为什么比黑鸽子更像鸽子？
手边没有线，谁的眼神可以为你穿针？
顺着脚下的石头走，能一直走到天上吗？

其实不止这些——

你看，家里的手电筒是灯，炉火
也是灯，而且很愿意向陌生人敞开。

烛火也是灯，烛芯燃尽时，就像
孩子见到久别的母亲，认真流泪。

月亮也是灯——
让夜再黑些，月光自会朗照。

夏末秋初

蜗牛自然以蜗牛的速度
——最慢的回忆，最迟的未来。

花花草草们，自然以花花草草的节奏
——可以依偎，可以随风而散。

你，自然以你的方式
——这本是你最坦然的秘密。

去户外走走吧。看看那些
跑步的人，动作虽然单一，
也是舞者。

世宾

茅洲河

茅洲河的污水清澈了
流逝的河水，从未间断
有人看到：自然和时间的力量

鱼儿和茅草
自能辨识水流的方向
它们从不以人类的意志
而彷徨。总有一股力量
会修正盲目的轻狂

在观鸟台观鸟

白鹭在远树上
像一个虚幻的想法
无辜，但洁白无瑕

江水泛起的微波
细小，真实
有着不容辩驳的确定性

小孩子叽叽喳喳，许多人
来了，又走了
空荡荡的观鸟台，可以容下
喧嚣、哀伤和风暴

烈日下
实物投下了阴影
只有飞鸟
逝去时，什么也不留下

远洋

姑　姑

自从得知你患重病，
我就怕听斑鸠的啼鸣。
三年前，在异乡第一次听见，
莫名地心情沉痛。

此时传来你确诊癌症的消息，
伴随着林荫里咕咕的叫声。
就像是喊姑姑，在喉咙中哽咽，
喑哑而又低沉。

在叫作姑姑的大树下，
成长我的童年、少年和整个青春。
临终之际，你期盼见我一面，
你最疼爱、最牵挂的人。

接连几天水米不进，离中秋
还有两个半月，你却要吃月饼。
只尝了指甲盖大小一片表皮，
很久后我才明白：你要的是团圆的象征。

离立秋一星期，你静静离去，
脸色苍白得像一片落叶。

我再也看不见你慈爱的面容，
听不见你爽朗的笑声。

姑姑，你对我的恩情是大海，
我却未能回报一滴水。
我再也无法把你唤醒，姑姑，
让泣血的斑鸠替我为你召魂。

梦母亲

我提着一袋草药，翻山越岭
回乡送给病重的母亲。拐过一座山头
远远地望见
弯弯曲曲的田埂上，她挑着
山也似的稻捆，颤巍巍地
一步一步挪来
忽一闪，不见了踪影
我赶回家去，进屋
空无一人。出门
房前屋后寻找，心头生起疑问
她，不是已逝世多年了吗？再进屋
只见满头白发的母亲，正在昏黄如豆灯光下
缝补衣裳，栩栩如生

宋
逖

粉 梯

九月十月的梯子，由雨水组成
十一月和十二月，扎了小辫子的你，仍旧在上面踢毽子

如果我还没有这样，领着田野回家
在那些夜班急诊护士们读的书中是这样描写的

“昨夜我就是这样梦到你。在雨水之上那如脱缰的马头般难以控制的，
田野中间那唯一被你看见的梯子。”

未能领你回家的是羞涩的我
是雨水的光织成了十一月的粉梯

是那一小块田野啊咬破了嘴唇组成
是得了高血压的孩子在写：整块被恩迪耶·玛丽娅看到的田野还没有吃降压药

无　题

在塞巴尔德和策兰的雪之间

你发明了铲雪机

而我为同一封信中的“开花的杏树”

提供核酸证明纸

蔡天新

梅文鼎墓

在宣州
他躺在圆柱形的墓地里
已经三个多世纪

想当年
他下榻在李光地府中
广交京城的畴友

在德州
他恭候康熙的诏令
那位酷爱诗词的皇帝

官船上
他们不厌其烦地谈论着
有关算数、方程和天文

在故乡
暮年的他仍孜孜不倦
校订平生的所著所爱

温　州

瓯江水浑浊如孩提时代
比上回多了一座桥梁

爬满青藤的波波咖啡店
像老上海的一家西餐厅

我们绕经大转盘返回来
海鲜大排档红火依旧

相聚南塘河的无料书铺
盛夏的气温迟迟未降

王谢的燕子仍在天空
俯瞰永嘉郡的灵秀之地

唐不遇

黄　昏

黄昏，唯一的道路
通向那所空寂的房子。

一个木匠用斧头劈开大门，
木屑飞溅在最后的光中：
一粒粒阴郁的火。

枯　枝

在这棵大树上，岔路繁多，
每一条都通向悬崖。
悬崖之上，栖息着无需道路的鸟。
悬崖之下，我茫然地站立，

像一条垂向地面的气根。
我看见一根微微弯曲的羽毛
躺在那笔直的小径上：
一个不易察觉的十字路口。

伪装成旅行者的黄昏
在向我问路。我的回答
让他像风一样踏上
羽毛的道路，轻飘飘地上升。

现在我看见每条岔路
都像幽深漫长的洞穴
长出黑色的叶子，成为一群
逝者的名字，在风中呼唤着。

我也必须选定一条道路
或者像月亮慢慢升上悬崖：

我听见一截枯枝
啪的一声，仿佛灵魂的骨折。

太阿

虎

他四处寻找虎的吉祥物。
他不知道他四十年前看见虎的神情。
修炼五百年，从中堂白墙上画中走出松林，
虽黄袍加身，但满身黑横纹阻断龙的大梦，
他从古猫的蹿动中想象闪亮的瓜在雪中留痕。
黑夜里一面白鼓震响欲聋的耳，
它的吼声越过天井，敲击占山为王的林莽。
他与他都是在动物园与虎相遇，
它的目光穿越铁栏杆与冰河世纪。
对他来说，没有牢笼；对他，牢笼即梦想——
人世的王，强韧的脚步从容柔软，
有着豹的伟大意志，在寂静中升帐。
力之舞在除夕驱赶蛮牛，鞭炮齐鸣，
眼帘无声地撩起。乌有世界
摩挲一张白纸，时间滴答暂停。
虎，在他的手中，也在他的手中。
世界的地平线在新春的曙光中乍现。

白 露

转守为攻的时候到了。

即使像白露一样死于金秋。

方文竹

远远没有谢幕

“生活不需要戏剧性，而我擅长雕刻”
倘若雕刻的是波浪、转折和惊雷呢

你那上小学的孙子为咋说太阳和星星是“全裸”的
年初多少进城的打工者向飘忽的命运打赌
今夜的南窗下，我给交谈的语境镶上繁复的花边

在生与死的远程张力中
一句不及物的安装滑轮的台词一直没有出口

时间整编术！
也就是说，是无尽的粉尘和灰烬堆积于舞台上，无人察觉
海滨五星级酒店，大老板点烟的手指似巨鲸的刺骨，一闪，一闪

特写镜头：“在故乡的草丛，小虫提灯算不算浪漫之举”
就像雕刻本身，细小的刀片锃亮成审美的道具：意象
数十年的运作，仍不见血

李
壮

关于爱……

关于爱，我的想象很多
但我的经验很少。这没有什么好羞愧的
就好像当人类谈起自己，似乎句句斩钉截铁
细想之下却有点可疑，这同样
不必羞惭。最响亮的恰恰是爱身上
那些不能说出的部分。
那么就沉默，让我们从旁观的角度
去看看这件事：当爱像纸牌被人世扣着的时候
它是多么地迷人。那种迷人就像一个人相信
他还有很多很多的日子
等到他老了的时候
爱还是会从他的灵魂里
翻出 9 或 Q 来
此刻，那么多陌生的人在街上爱着
那些丢失了雷声的光在穹底
用神秘的节奏为他们祝福
此刻，闪电在云层中都看不清它自己
然而它在。它带着世间所有注定倾落的雨
静候着某个谁也猜不到的时刻

不是……

不是那些给了我的
而是那些没给我的
使我满足。使我觉得

这世间不空。不是幸福
而是痛苦，会从我的灵魂上
刮掉锈。绿淋淋地。锈下面有字闪光

有什么能让一个人元气大伤
使他抽枝发芽的，也必是
同一种力量。没有哪个春天

是不残忍的。因此也不必怜悯木头
别觉得被火烧掉是一种徒劳
你要伸手试那灰烬。多么绵密。多么暖

王桂林

白鲸观察

起初我身上也有燃烧的蓝色
现在长大，在北冰洋里
像一块坚硬的浮冰

如果把我当作一个词
我会突然跃出意象的水面
而如果，把我作为一个意象
我又会迅速潜入词语的海底

时间是我的老师，它一如大海
有铁矿石的大陆架，虚妄的泡沫
永不结冰的冰穴里难以预测的激流

我最大的困境不来自北极熊和虎鲸
当我的皮肤因成长而变得粗糙
我会蜕皮，懂得用岩石
重新擦亮自己身体的珍珠白

每天，我都看到蓝色的冰山在远处闪耀
比红头发的须海豹还容易辨认
我渴望那蓝色，即使我也曾拥有

海水的蓝色辽阔而沉重

为抵抗这无边的寂静

我在冰冷的世界中不断发出声音

高坡练习

高坡是一个现实的存在，在一首诗里
也可以作为一个虚拟的词加以利用。
它会衍生出居高临下，远望，俯瞰
和振衣高呼。如果你真的登上它
也可能会突然生出摔下，滑落的恐惧。
同样的现实，在不同的诗里
往往会有完全相反的表达。也就是说
一个词在一首诗中的价值并不完全
由它固有的词义决定，而是取决于
一个人的命运。譬如此刻，我漫无目的地
在安德鲁设计酒店附近的高坡上散步，
尽管雪后清晨的风寒冷而凌厉，但我心里
并没有太多的感慨，而是仅仅因为
高坡这个词本身，才写出这首高坡练习。

向以鲜

棉花匠

迄今为止，我仍然以为
这是世上最接近虚空
最接近抒情本质的劳动
并非由于雪白，亦非源于
漫无边际的絮语

在云外，用巨大的弓弦弹奏
孤单又温柔的床笫，弹落
聂家岩的归鸟、晚霞和聊斋
余音尚绕梁，异乡的
棉花匠，早已弹到了异乡

我一直渴望拥有这份工作
缭乱、动荡而赋有韵律
干净的花朵照亮寒夜
世事难料，梦想弹棉花的孩子
后来成了一位诗人

姚
风

最南端的海

来到大陆的最南端
大海已是另一个大海
你转过身，用湛蓝的目光打量我
然后走向一只船

但你最终独自向前走去
在水平线的尽头
纵身跃上蓝天

而我跳进水里，一直游
游至水变成海
在浪涛间我饮下大剂量的蓝
来洗涤我的身心
我要呕出郁积的阴影、喧嚣和尘埃

抽烟的玛丽

我们说起了保罗
这个决绝的男人
三十年前离开了我们
准确地说，离开了玛丽
至今杳无音信

三十年前的一个夜晚
他和妻子玛丽用完晚餐
开始一根根抽烟
他捻灭最后一个烟蒂
起身说：“亲爱的，我去街角买包烟！”
说罢，他推门走进了夜色
再也没有回来

玛丽从此也开始抽烟
她要戒掉了那个男人

李文武

影　子

午后的两棵树
影子与影子叠在了一起
并且暗暗地变换着位置
像两个交谈太久的人
悄悄挪动着身子

拼凑之诗

我的身份证地址

变更了三次：蓬溪，大英，重庆

这伴随着：我的出生，少年，成年

亦是我身份的更替：

孩子，丈夫，父亲

关于诗的结尾，我不知该如何下笔

犹如我未知的后半生

越
槟

无 题

几天来南方暴雨占尽了旋律
直到今夜我才又一次做了宇宙
甜蜜而无人的乐器。谁顶着大风
顶着骄傲的修复之心活在世上

最好谁都不阻拦，四瓣的花最好
四瓣地死，允许我从自己身上完全
脱落，因为有更新的我要露出来
因此再长的夜也有了被穿越的必要

没有办法，诗必须是直接从生命中
撕下来的一页，一切正直的火焰
都只不过是它在黑暗中最小的延伸

赵卫峰

在诗中

一些爱，扎实，结实
拥有家喻户晓的姿势
一些爱，存在就像是为了未完成
以便被叹词，被省略号顶替……
还被捆绑！如明月沧海，野渡和舟
一些来不及抽刀的人，拖泥带水
一些放不下包袱的人，诗意缠身
绵绵无绝期
一些爱没人了
如空口无凭，园丁没劲
又如鸟之无巢
且在倒数第一个屋檐下将就吧
或如巢之无鸟，偏安一方
于无声处瞎数羊，招惹月光
唉！一些爱，如秋后不甘的烂账
算了，黄了，一些爱
像一些路，分分合合终无冲突
像一些岸，推波助澜，顺水也顺风
垂柳般沉默着，沿袭着
初春开始的小传统

在回顾

只有雪才真正喜欢冬天
天生的敢死队，成群或单飞
无需打砸抢，轻松的，和平的
便可层林尽染，攻城略地
动身即不回头，哪怕碎骨粉身
开始就抱定了就义的决心
只有叫作时间的老家伙最明白
雪对大地是倾情覆盖，是真爱
它挽救秋后世界的荒芜
城乡暂时没了差别
它像凭空乱坠而又有序的传单
像漂亮的标语
悬挂在最大的节日门前，那些
那些出城远走的
那些离乡外出的，那些
情感丰富的人们喜欢，爱看

蒙
晦

婚姻故事

我们相爱为了承担彼此的死亡，
这很公平，不是吗？
而婚姻的寒冷来源于

它并不是加法，而是一
减去一。我祖父和祖母是这样
外祖父和外祖母也是。

那时，我们同样是少年和少女，
坐在光芒洒落的树荫里。
在他们无法醒来后，我们结束了我们的梦。

我们起身，告别朝阳而抛却着背影，
躲藏在正午的脚底，
我们迈步，被夜色吞噬。

走在永不重复的故事里，
我们变成了一对父母，还将成为
遥远的外祖父和外祖母。

为了那些太过年轻而丧失的事物，
我们相爱如一个发誓的吻：
死亡就像诺言。

伦理学

一本书上说，
这个世界不能缺少树。
这似乎很对。
那么单独的一棵树呢？

这本书继续说，这个世界不能
缺少鲜花和动物。
那么，其中一朵水仙可以被折断吗，
一只狐狸死在了野外呢？

这本彩色的童书
告诉孩子们：这个世界
不能缺少人类。但如果只少一个
比如正在读诗的你？

翻到最后一页，
这本书已不再说话。
最早的那棵树被做成了纸，
印成这本书。

第二辑

口语诗歌：节奏控制逻辑

沈浩波

在山中

车上的五个人
都陷入了沉默
谁都不知道他会
将车开到哪里
什么时候停下
刚才我们
已经有过争论
三点的时候就有人说
我们可能走错了
但他淡定地说
放心吧，没错
四点时吵得更加激烈
但他的双手
坚定地握着方向盘
令我们的争吵
变得毫无意义
现在已经五点了
天色向晚
浓密的树荫
令盘旋的山路
变得更加昏暗
我们四个都已经知道

他开错了

我们也知道

他知道自己开错了

并且他肯定也知道

我们知道他开错了

没有人再说话

车上一片安静

汽车如同无人驾驶般

继续前行

我喜欢的诗和诗人

1.

我喜欢威廉斯远胜艾略特
我喜欢事物本身而讨厌象征
如果你没有看到威廉斯留下的便条
怎么知道我的诗在哪里发生？

2.

我喜欢布莱希特远胜策兰
我喜欢直接面对而讨厌修辞
有的文学适合用来安葬亡魂
有的文学发生在活人中间

3.

我喜欢帕拉远胜聂鲁达
我喜欢诗本身胜过漂亮句子
他是活了一百零三岁的崭新诗人
因为他永远相信诗是自由

4.

我喜欢布考斯基胜过金斯堡
我不喜欢成为标签和符号
我不喜欢时代的代言人和偶像
我喜欢普通人，普通人才是人

伊沙

茶道之宗

抹茶之绿
倒在雪上

白居易诗
题在绢上

高丽公主
饮鸩殉情

利休大师
切腹追随

啄木鸟

森林交响乐团的
小小鼓手
一生追求的是
空

皮
旦

一条大船

机器震颤着叫喊
大船开始移动了
我参照停泊处附近的树
确认大船向东去
一个年轻女人
由东往西走在大船
靠近我的一侧
像是唱着什么
听不见是不是真唱了
我与大船之间
隔着很宽的河面

惭　愧

以前的呐喊

又一次找到我

不是我的

是我喜欢过的别人的

现在仍然喜欢

激情毕竟少了

不过呐喊从我这里感受的

决不是冷漠

而是激情减少后

形成的迟滞

我表现出很多惭愧

以抵消迟滞

老德

男 人

其实，我就是一个标准男人
我知道，男人在里面
都很安静。不论是一间
屋子，还是一具身体
可是出来了，就心烦意躁
想战胜这个世界，又怕
碰到一个真正的对手
比如一头熊，还有一头
摇头摆尾的狗。只有
走进酒吧，面对一扇
五光十色的门，自己把自己
喝醉了。这时
他趴在餐桌上，最想听到
一个女人，轻轻地
拍着他的脑袋，叫他一声“乖孩子”

一支笔的疲惫

这支笔太疲惫了，对于
这个世界，他描写的
太多。屋顶的猫
内心的小鹿，还有
这个世界的庞然大物
他觉得累了，蜷缩在
一张白纸上，想静静地
躺着，度过这个炎热的夏天

张小云

汀江边晒的萝卜片

我晒出

人家客家人晒在

汀江岸边老城墙上的

刚刚切好摆在城垛上的

白白的

宽宽的

薄薄的萝卜片

新诗典的诗友锦凡说

这是我老家的鞋底

染衣过年

“染乌衫裤——染乌衫裤——”
挑担的染衣师终于又来了
火生了，水开了，烟冒起来了
孩子们围着看
“要蓝的，不染黑的”
友谊他妈妈挤到铁锅边
“要加碱仔粉哦，别让衣服掉色”
火尧同学去把友谊拽来了
跟他出主意——
“连魂仔（说的是我）伊都有卡其布新衣
你跟你妈说你坚决不要染的
那只有老头子才染衣服穿”
友谊有些犹豫，但一到他妈妈跟前
他停了许久后就改口了
“阿姆，我就穿染衣过年”

尚仲敏

水仙花

水仙花，我和你一样不耐寒
心一冷就死。渴望阳光
内心藏不住秘密
被所有的人一览无余

你美得如此短暂
美得让我措手不及

我凝视你时，就算你不说话
我也知道你的心思

我一个人说，你听着就是了

我喜欢你，却不能为你写诗
因为我所有的诗只献给一个人
一个风雨中站在大门口
等我回家的人

错　误

人一生会犯多少错误
“太匆忙了
我要留有足够的时间
用来痛哭”
这是我过去写的一句话
现在我会细数
自己犯下的一个个错误
错了，还可以再犯
我诗歌中的幽默会
刺伤我的读者

一个红着脸的小男孩走出教室
与窗外的三角梅相映成辉
他错了吗
他的父母、训斥他的老师
却从不
细数自己一生犯下的错误

严力

味 道

阳光在窗台上
溅出湛蓝无云的天空时
掠过的飞鸟
把嘀鸣
抹在了我的面包上
今晨口腔里的回声
充满了久违的
森林之味

飞

我一直喜欢仰望飞鸟
以及展翅的飞机
或者
滑翔的云

多年之后才顿悟
无论使用什么样的标准
风
才是飞翔的唯一高手
也只有风
在撞墙幢楼
撞山撞地之后
还能飞

于坚

一只黑猫

它走过来说 吾即黑夜
并不用语词 精通自由的含义
语言在它的行动中 一位匠人
从大理石内部取出的肉身 背景
与我们不同 黑咖啡 不加糖
有一半看不见 没有苦役犯说的
那么阴险 那么苦 没有那种埋伏在
档案袋里的深度 那种铁铸的腹部
我害怕的是更伟大的那只 黑暗
并不重 可以抱着 在我怀 你家
温柔 苗条 可怜 回忆祖母在世时
整日露骨而卧 呆在针线箩里
望着世界缝缝补补 没有用处 无知
并不多余 说不上美 从不在黎明时
涂脂抹粉 赤脚追随诸神 玩个纸团
滚个瓶子 撕碎几张掉在地上的云
戏弄纸老虎 舔那块无味的岸 坚信
有一天 灰尘中会涌出盐 胡须
在镜子上碰到了谁的妆？ 告诉我呵
矫揉做作的小妖怪 你的毛太脏
一跃占领了电视机顶 不看你们的节目
我属猫 这儿不好玩 孤独的隐士

一扬尾巴走进昨天 留下鱼
忽然从椅脚下钻出来 赌它即将逃窜
恐惧是这个房间的本能 却取下面具
坦然亮起两颗真正的钻石 光辉
来自生命 埃及在下雨 洛阳
在放马 它就在那 消耗着波斯人的地毯
领受着希腊人的献祭 拆卸着中国人的文字
出入于印度人的废墟 总是能找回那只
香喷喷的灰老鼠 哦 童年的大道上
小跑着一只老花猫 生命之意义不过是
在某根柱子上贴一张寻猫启事
悲伤的 心碎的 黑暗的

维马丁

诗 人

诗人黄开兵强调
每个人都有意义
我觉得很对
大家都点头
只有周瑟瑟否定
说自己没意义
我觉得有意思
他也许很谦虚
只有晚上写诗
也许有一点意义
他说
我觉得也合理
最后才明白
大家说的是抑郁
还都谈到了顾城

月

月亮和星星

那么亮

乡下夜里

整理雪场的机器

还醒着

庄生

全天下的母亲

全天下没有比我母亲更唠叨的人
小时候去田里干活
她可以说我们一整天
全天下没有比我母亲更爱干净的人
她从早到晚忙活 这里擦擦　那里抹抹
全天下没有比我母亲更爱收藏的人
我们小时候穿过的衣服她都舍不得扔
家里最多的就是塑料袋子
全天下没有比我母亲更固执的人
她认定的事十头牛也拉不过来
全天下没有比我母亲更不会打扮的人
她从来没有用过化妆品也不知道口红
全天下没有比我母亲更爱我们的人

让　路

雨后清晨
上班的路上
遇见一只黑猫
它下垂的乳房
告诉我
它是母亲
它没有挡住我的路
而是跟我对视了一会儿
就钻进湿漉漉的草丛里

芦哲峰

我们的马拉

爷爷的马

拉车

爸爸的马

拉多纳

我的马

拉美

人生的马

拉松

泸州姑娘

“西南第一酒神”
喝多了
我扶着她往外走
走到街对面时
想起手机
没拿

我一松手
她便摇摇欲坠
我只好把她
靠在一棵树上

从饭店出来
隔着密集的车流
我看到她
还在树上靠着
已经倾斜
但是没倒

杜思尚

在夏日的火车上
看到窗外水塘里漂着一只鸭子

车过潢川
庄稼愈发葱绿
一只白鸟
蝴蝶般掠过
两头耕牛在埋头吃草
突然出现的一汪水塘
让我想起童年
一只鸭子漂浮在水中央
不对啊，在我的记忆中
鸭子应该漂浮在
冬日的水塘
漫天雪花中
一只鸭子
孤独地游在冰水里
在列车的轰隆声中
一声鸭叫
从我心底
浮了上来

游连斌

药 酒

中午
朋友约晚上喝酒
我说最近吃药
婉拒了
他说没事
就几个老朋友
还特意补充
我和另外一个也吃中药
我还是推脱了
刚才
他在朋友圈发出照片
五个人围桌
喝一瓶药酒

独　坐

上初中时
有一阵子
我每天早上早早到校
空无一人的校园里
我独自一人坐在乒乓球台上
没做什么
就坐着
等到同学们陆续到校
我就消失不见了
像水溶于水
长大后
我还时常想起自己
独坐球台上的样子
但对自己在人群中的模样
没有任何印象

第三辑

观念写作：阐释与反阐释

黄礼孩

时间灯塔

街道浮起云朵，花纹雕刻记忆
蜘蛛网捕获了寂静之声
时间便利店出售种子，梦想花果
旧光景，旧烟霞，无足轻重
遗忘的沙漏重新提供万花筒
没有人比你更喜欢这里
仿佛回到打烊的童年，我愿意在此
遭遇爱情，绝望地爱着。空旷午后
水在光线里乘船换马
你的到来，大地开出一朵花——
艺术在此加速，废弃市场的顶部
巨大的柱子披上透风的七彩材料
时间的面容苏醒来，向上，纯粹无形

江耶

对语言的一次正式拆解

话语抛弃了嘴巴、舌头、喉咙
成为虚空，它们是气流、气候，呼风唤雨
在面前的狭小场地，君临天下

你说话要算数！这是我的担忧
海誓山盟，所有人都在怀疑
起誓人离开这个时刻，离开这个地方

你的说法不落实在行动上，
不被一个人执行，爱情在身体里蠢蠢欲动
只不过是一张空头支票，毫无价值

词句被气息挟裹，像一阵风和另外一阵风
作为强调，它们在重复，在触动
某个器官突出表面，成为经典感觉

音节零散，回归到具体事物
一万句与一句。同是天涯沦落人
自觉禁言的人保留了思想，篇章在解构中重现意义

两条船

在水上，它们修长的身体
靠在一起，此时此刻
在上善之上，像两个人靠在一起
轻轻的，相互撞击着
像我在拍打，安慰你长长的奔波

多少风雨，已经成为往事
还有更多险滩，在路上等着
我靠着你。两条船跨入同一条河流
像命运，绕不过去，靠不了岸
相濡以沫的平常日子

风吹麦子，也吹你，吹我
船在波浪上晃动，压紧
顺流逆流，在航道里都是前途
我追随着你，仿佛一场事故
流水无意，滚滚东逝而去

喻言

我曾经仰慕那些登临巅峰的人

他们站在绝顶

伸手就可把天捅破

他们站在 8848 米的海拔上

俯瞰世界

我们很小

小得可以忽略

后来，我攀上山腰

不再继续

我看他们时

他们也很小

小得像一只只爬虫

我往下

下到平地

坐在一块石头上

他们也开始往下

下山的路更加凶险

有人坠落

有人惊呼

有人在中途再也下不来

最后回到平地的

只有其中几个

每一个都面色如土

浑身虚脱

罗
亮

夜幕降临

教我认花，教你识大海。大海上空无一人，只有鲸。蓝。黑。
解散小蚁，小娟，小曼，小的欢哭声
规矩的钟，可耻的肿
你有众多疑问，如：
张德华要不要在台上享受欢呼？
秦宝玉要不要自雪地始抛开红尘？
马达利要不要在画中煮熟眼珠？
在疤痕上烫金
在导航途中迷航，在海哩上丢距离
在桌子上把尺子，数学，诗，满意弄在一起
繁花，繁华，来！今夜 我孤独地叫你识字：大海。

骆家

这个季节的天空最像刚撕开的酸奶盖

这些调皮的云太漂亮了，好似
被妈妈强按着头洗过的脸一样透亮
但这个季节的天空最像的
还是刚撕开的酸奶盖
让你去舔

吴少东

冬夜雨

凌晨三点多口舌燥如钝刀磨醒我
才猛然记起昨晚的醉酒
收运垃圾的厢式货车低吼声
旋又从窗外传来
岁末年初，好几次在同一时段
醒来，如同疫情皆高发于冬季
此刻我绝不深思一些人事
保持迷迷糊糊的短时间
才能重新入睡

倏忽间记起中雨里挥手的人
他送我回家，嘱我慢些走
像是怕我碰坏了密集的雨丝
这些年我已经缓慢了许多
你跑不出缓慢的人群
我的急脾气有时似雷暴
但都只在我体内炸响，你们
听不到的，也不想与旁人道
我满脸通红，都说我气色好

冬夜雨穿林打叶，有些叶子
落在地上，有些雨砸在了地上

高塔上坠下的雨滴
摔得粉碎，此时拍在我右侧
窗台上的，也摔得粉碎
哪有什么千里之外
没有什么是完整的啊
我的孤独噼啪作响
碎了，也是孤独的碎片

流星雨

张作梗

我看见流星雨
在夜幕上种植出了如此多
闪光的藤蔓

小镇的梦游者，小镇的艾米莉·狄金森

抬起你雪白的腕吧
让夏天经过

你浓密又芬芳的腋毛
宛若夏天的阴影
制造了我的渴

我的困兽哲学或另外一种溢出身体的光

有时恐惧在室外的长廊上踱步
像你就要跳下星空
旋扭开门锁

声讨吧，如果控诉还带有夏天残存的激情

欢愉何曾需要一个结局

——（就像痛苦没有源头）

我看见流星雨

匆匆奔向

自身缤纷的消失里

宛如一场盛宴。

空房子里雨

他用条形的口音，
驳斥她柱体的眼神。
在不同时辰，他们总是听见同一幢
空房子里在下雨——那是他们早已搬离的
老房子，发霉的雨声絮语着——
“空无统辖我：一片美的沦陷区；
牝鹿散发出桉树的气息，
仿佛遗忘从不变老；
缝隙越小，吹进的风越冷，
而风，无疑是对经停者的僭越；
内在的幻象，像一幅被雨水淋湿的画。”

她用漫长的隧道，
延缓他的穿越。
空房子一直在下雨。
穿衣的人，从穿衣镜里走出来。——
他们分身两处：一处，磨不完的阴丹士林
旧时光，他们合写着一幅《快雪时晴帖》；
一处，水木清华的庭院，海风轻拂，
水桶背着他们，跳进井里，
他们分头撰写着各自孤单的心灵志……
一个像另一个的影子，切开回廊，

时间自此有了分水岭。

分居而眠，他们做着各自的梦，
但总是梦见同一幢空房子里，
下着一场灰烬似的雨……

谢
君

慢 三

家里最温暖的东西是
翻开的一本书的
第 42 页
和压在上面的一盒
泊头火柴，在客厅
绿色绒布沙发上。
1982 就像一朵
淡蓝的燃尽的泊火
永远不会回来了
但我记得，第一次，
他们紧贴，旋转
握住张开的手
不掉落，在我午后
小睡的时间里。
我的父母
让我感觉焕然一新
如果知道我已醒来
舞步就会悄然而终。

杭　州

我和我的爱人

在电梯里

自从很多年前

电梯到达

金属门开启

我走了进去

遇见我的爱人

电梯就一直在上升

我和爱人

也一直在上升

我不会说出秘密的

事实上，这是电梯的秘密。

阿斐

雪景

在白茫茫一片里
黑是难得一见的风景

美不是异口同声
是不盲从，不苟同，不人云亦云

家

花生瓜子随意散放
砂糖橘安静地躺在白瓷盘
茶杯里还有半杯茶
空调像蜜蜂一样工作着
这平平淡淡的屋子里
没什么奢侈的物件可以炫耀
斜靠在沙发上的我
听着卧室里微微的鼾声
忽然觉得自己
是世上最富有的那个人
这平淡光阴里偶然的火花一闪
够我做一个让人羡慕的美梦

这花生和瓜子的生活
这砂糖橘和半杯茶的小日子
每当我即将远行
远离这平淡无奇的屋子和鼾声
我就觉得它多么奢侈
而我多么富有，让人羡慕
人活着，没有多少事物
可以安放这汁液迸溅的情感
家是一个容器

一个包容疲惫和恐惧的善良器皿
哪怕它已经锈迹斑斑
哪怕你我都不相信爱与永恒
我们还是把爱与永恒贴在它的手背
有时也勇敢地贴在它的额头

曹有云

电　闪

一句诗是电闪
灵感之光恩赐的电闪

一首诗是电闪
才华之链必然的电闪

一部诗集是电闪
命运之书呼啸而来的电闪

一个诗人是电闪
不屈之舌强力言说的电闪

诗歌即是电闪
持续不住的电闪
在人类孤悬无助的夜空
勇者不惧的电闪

雪　豹

看哪
雪豹身披斑斓的星辰
跃行在雪山之巅
跃行在天上
彗星一样拖着长长的斑斓的尾巴
一闪而过

放过它吧
这隐去千年的雪山之王
它本就高处之物
世外之物
星座一样遥渺，幽秘
主宰着不可知的命运
唯能遥望，唯能猜想
不可触摸，不可亵玩
就让它飞奔在狂野的梦里
飞奔在缥缈的歌里

看哪
神秘莫测的雪豹
无迹可寻的雪豹
雪藏着谜一样的

星象和棋局

闪电般隐入云海茫茫

雪豹，雪豹

这最高的虚构之物

纯粹的幻象

一个存在的神话，一个冷艳的传说

李赋康

在人的国度

在人的国度，马的额头
注定了它的明亮

从马的眼睛望出去
红心的石榴
结满粒粒饱绽的肿瘤

来不及忧伤
风的手术刀雪亮

早起的鸟

它的眼睛定了闹钟
鸟中的小号手，吹开天幕
暴风雨之后，它站在屋顶
从人类的头上架构
新生的生态系统

这一切必须基于声音的数据
人类十亿次方的算法远远不够
造物主早已将生物钟植入
当它的声音变幻九十九次
天上的蔷薇就绽开，变成乌鸫

王长征

踏香归来

月亮的情话充盈整个夜晚
闻一闻花香却又离的越来越远
害怕美好转瞬即逝
也畏惧甜蜜的倾诉让春天流连

你笑，就是一朵花
风也会跟着颤抖
终归要分开
每走一步就会长大

有花的地方就有荆棘
手指的刺惊起一串忧郁
掩饰的眼神躲躲闪闪
永生的玫瑰从不言语

踏香归来
深知等待比春天漫长
亲爱的花开如此缓慢
转个身，露水都老了

雨啊，不要再下了

这不是白天，没有小伞
也没有懂你心事的人
仅仅一个小时
就把夜的皮肤洗的黑亮
天空之泪汇聚成绳
困住一双双远足的脚步
路灯下流泻的光
清洗城市伤口中的淤血

发胀的眼睛赤红
执着于荒芜的过往
泛滥的春潮冲破天门
仿佛闪电照耀穹宇

呐喊的暗河
藏着屈辱、愤懑和不甘
肆无忌惮在地下奔涌
雨在天上是雨，落在地上就是爱情
填充夏季的各个死角
我渴望它浇灌干涸的花朵
但不要给予太多，太多就会窒息

八

零

夏令时

这个下午，我秘密
跟踪一只蜗牛。从葡萄叶
开始，目光曲线下垂：
经藤蔓，枝干，最后抵达根部。
气压跟着下沉，呼吸短促，
太阳向西隐去。
若一路向下，还会经自来水池，
绕过去年的一堆碎瓷片，
最终，在地势凹陷的
排水沟旁，停住脚步。
再下，乃是水路，下水道，
排污场，清水河淤泥层，
及地球松弛的内部
我们稍事休整。这时，天
暗下来，目标将要消失。
如果方向扭转，线索，则会变的
含混不明：视线顺
爬痕上的黏液一路朝上，
自根部始，经藤蔓，枝干，
最后抵达葡萄叶，
朝上则是天空，暴雨聚集的
地方，无法安顿目光。

返　乡

再次回到老家
老屋快撑不住了
屋檐掉下来
瓦片裂纹更深
也快撑不住了
石头显得不耐烦
燕子早不知去处
父亲像一位末代皇帝那样来回地走
我像一位末代皇长子
来回着看
仿若站在塌陷的皇宫之外。
然后我们一起摇了摇手
风更大了
风唱起大风歌

第四辑

女性写作：意象的弥散

娜夜

郊　外

没有人
就是没有我想看见的人

蝴蝶　蜜蜂　蜻蜓都不认识他

松鼠放弃了一次跳跃
熟透的果实　内核是坚硬的

雪地上有三重阴影：我的　树的　寂静的

失去听力的喜鹊
嘴巴闭的更紧了

——没有召唤　必须自我唤醒

李
南

离别诗

酒桌上的残茶未凉
黄昏早已吞吃进一个落日
朋友们起身道别
渐次融进了茫茫夜色。
忽然就涌出阵阵伤感：
明天就要分别，他日几时再见？
每一次相逢都不可复制
再一次相见是否又新添白发和皱纹？
抱病的要保重
恋爱的要发出光彩
平平庸庸的也没什么不好
每个人最终都要把秋水望穿。
再见了朋友！飞机、高铁，
山一程水一路
在深深浅浅或者跌跌绊绊中
慢慢学习，这离别的艺术。

山中生活

鸟鸣时

我读了一首诗

瓦房下

锦葵含着露水

端起酒杯

雨点准时鼓掌

走下山坡

清风不请自来

天黑前

我把你又想了一次。

黑瞳

城里的鸡叫

半夜十二点
小区里突然响起鸡叫
叫得又高又长
夜幕下
公园安静
楼房的灯渐次灭了
那只孤独的鸡
需要使上十倍的劲
才叫家乡的亲鸡听得到

他喊一声

平静的湖面
他喊一声
她的名字
如下鱼钩
她心底的鱼
从四面八方涌来

荣荣

告　别

与一个人别，看他走远，
从人形，到小小一点，
然后不见，像从没出现。

也可以这样：
宽敞的前路上突然
来个拐弯，也可能是地陷。
或者天门忽开，其时有云彩蔽日。

还可以这样：
他躺在那里，一场假寐：
这是他脱下的躯壳，
我猜想着远方那个叫醒的钟点。

而所有不见他的地方，
回望时，都置入虚空。

曲　解

空手而返的人，正躬身负重，
那看不见的，压垮他多少夜晚的
形而下的东西。

此刻可以被物化：遥远年代的
糟糕事件，心底蹿出的几头
愤怒的公牛，他在梦里抓住的
那些隐匿意识。

几场无疾而终的热爱。

被谈论时已是一生，涉及他
貌似轻盈的行走，裸露的善意，
所有他辜负的兔子投掷的
形而上的巨石。

明

迪

群 岛

一座山，一个岛

一只鸟，也是一个岛

从我，到你，必定有一个隐秘

通道

一条山脊，被海水淹没

一条弧线，被蓝天遮蔽

从你，到我

一条生命线

从古到今每一个母亲都留下一群岛屿

或在海底，或在天空

青铜，山脉，女人

湖北大冶，有一座铜绿山
长满青铜，冶铜坑，40 万吨古代炼铜渣
奇特的山，山顶平平的
骤雨之后，铜像雪花一样，布满岩石

不远处，男人下河捕鱼
女人跪在河边打磨鱼骨，玉石，黑陶

在大冶，女人四千年前大冶青铜
铜，铅，锡，适当比例
如同织布，色彩相间
她们的丈夫，从捕猎手，变成船工
把冶炼好的青铜，运往
做青铜器的平原
鼎，壶，面具，人像，神树
雄性象征的背后，女人的血汗
她们的气味，变成青铜刻符的基因

林
雪

过风雨桥

初来此地，农事节刚过
在旷野里有一个舜
在旷野里大象耕地
鸟儿锄草

农人在田间用腹式深呼吸
九百一十五公里外的厉山起伏
时光吞吐着历史
双石峰的月亮在溪头隐没前
有一次悬停

河流捧起桥墩
桥梁抚慰波浪
如果有一朵水花
必是桥型的，好与她完美贴合
在潕水河涌涛之声里
有人在桥上念四字福诀
有人默读二十四孝故事
有人模仿榨油、推磨、舂米、打糍粑
傩戏里的千百个神漫天飞起
大如世纪山水，小如一年欢喜
一小时、一分钟、一秒钟——

没有一座桥比它更丰富
丰富到诞生出自己的哲学
它能自问自答。满含仪式
能望到山峦之外的远见
还有古早的喜悦

整个桥都在计数你的下一步
而我默诵的建桥年代
另一个时空在星光下奔涌而来

那些佚名的人在佚名的岁月

废木船上的龙骨架在阴天
吐出橙色的泡沫。孩子们跑过去
寻找水手，或章鱼的字迹
破败舱壁上依稀画上的一颗心
用一根歪歪斜斜的箭穿过
两个刻在铰链上并肩的字母
隐约写着“小西小西我爱你”
一封写在烟盒上的信已被潮水泡烂
那些佚名的人在佚名的岁月
从波浪中卸下马达，却对人世
怀有永恒的柔情

安海茵

桂花拾遗

开始时并未设定，
想去哪儿就去哪儿，
我和我的马算得上四海通用。
直到你牵来了你的，
每个蹄印里都涌出泉水，
一簇簇的，迷人又危险。
心脏漏拍的事儿，
由不得我，只能放任。

还是不想直面这
隐隐的压迫感，
一遍遍叩问香气，
轻易被看穿。
假装爱喝原浆，
啜饮缠绕而来的无数可能。
假装藏好一只手套里的旧黄昏。
你不知道，
我从未如此容易信服，
杏花是杏花，
新茶是新茶，
只要是你爱的，
我惦了一天又一天。
心又大又软。

必须有牧场

必须有牧场。
苜蓿草和葡萄尽可以管饱，
小动物们笑了又闹，
只顾着说些痴痴的话，
它们不去想盖屋顶的事情，
偏巧故事又编得天真。

还是要有牧场。
对于依恋飓风的人，
她的世界就是飓风。
而树只管骄傲地立着，
飓风到了那儿，
自然就内化为呼吸，
每时每刻。

拿笔的人从空谷归来。
早画下了一整座牧场，
却不画围栏。
你看那被镀亮的溪水，
吹拂出许多的罅隙。
你看那小小王国里的王——
他不知道自己迷惑的心。

戴潍娜

灵魂通信

唯有最欢愉的人 有资格沦为最悲伤的人
唯有新晋的生命，可抵消衰死的命运

白云，你的新坐骑？
寄来另一座城市的歌声
我把一生正着念了一遍，又倒着念一遍
齿间，经书滚若咒珠，道不清——
前朝与后世，一轮轮回炉的爱
墓园将是未来之花园

我见证，你从死亡中习得了欣喜
浇入嘴角的泪，竟尝出新泉的甜沁
一瞬间，死亡叫你没了脾气
一转念，你又恢复了儿时的淘气
腻味了在这世上尊为垂暮老者
另一处光明之地，你就是最新鲜的来宾

记住，我们保持灵魂的通信

图雅

小寒傍晚

鸟巢落在树枝间
像一颗头颅
几十只鸟儿像它喷溅的
唾沫星子
沾了一树

七　夕

活着活着就老了
活成了
一具不需要爱也能奔跑的时钟
静下来，你能听到
滴答滴答的
脚步

李美贞

一瓶阳光

他送她一个瓶子
对她说
“晴天把阳光
储备在瓶子里
伤心时
便可拿来取暖”
那天
他在大雨中离去
她奔回家中
用力摇晃瓶子
声泪俱下
“是我储备的
阳光不够吗？”

奔　跑

姐姐说我像棵小白杨
我多么想是只猎豹

长长的马尾拉长了我的阴影
我有奔跑的欲望
可我只有两条腿

庞琼珍

清零的拂晓

下雪了
小区洁白安静
一只猫沿着墙边
溜出来
在找什么
它很轻
但门口的声控灯
还是亮了

父亲的伞

父亲在穿衣
怎么也穿不进去
他递给我穿上
天下起雨来
我们在雨中奔跑
我穿着父亲递来的雨衣
父亲被雨淋湿
我想给父亲买把伞
雨越大越买不着
我们在大雨中奔跑
买不到伞
跑不出雨

离世十年的父亲
依依入梦　这衣
这伞　怎么递给您

后乞

只有无数次

创伤的意思是
永远不会愈合

鱼鳃在冰冷海水中
一遍遍张开
幽暗的裂缝

趴在土里
再次切掉了
半截身子的蚯蚓
无法停止哭泣

劳淑珍

神 话

今夜冷得
你的身影
走近我就
叮一声
碎了

葭苇

音阶练习

有人在弹琴，但那不是音乐
没人绕得过去
凡倾听者，都成为无耳之人

我的十指跪向它的队列
因承载纯粹的重量而成为美

而美，在克扣它的地方
仍在邀请拭泪的手
在回声降至半音的年份
事件正得以汹涌如黑键起伏

把生命还原成一张空白曲谱的
那个下午，乐音的来意比晌午更加充分
听，有新婴儿释放哭声在隔壁……

我要教给他的是
让钢铁成为动词

我爱你

从你的唇，抵达我的唇
除了口型，它还拿走了我的什么？

手因赤裸而流汗
它扛过面粉袋，掂量过几枚小钱

如今，它张开
把微烫的舌尖关进去

然后，把音符撒进
他因刈割咏叹而嘶哑的喉咙

那是我们为彼此诞生的词语
像海滨的葡萄园缀满清湛的
可以相赠的果实

——仅仅是不要轻易触碰
也是一件快乐的任务

宫白云

宽 窄

每当我看到宽阔、宽容、宽恕

这些字眼，就鬼使神差地想起那年夏天

那么宽阔的江水

竟然淹死了一个活蹦乱跳的男孩子

我忘不掉分开人群时

他躺在那里

只占用了大地那么窄的

一小块地方

高　地

其实不过是一小土堆
被路过的人陆续加上了些石头
一群鸟儿经常栖在上面
留下一些肆无忌惮的鸟粪

崇明岛

谈雅丽

眼见暮色渐起——
雨水浸透这江海交汇的狭长岛屿

崇明岛飘浮江面
像低悬在夜海的猎户星座
马上就要发生神奇的位移

大海已被一扇铁门挡住
越一步罚款五千的铁令止住我的脚步
让我闭上眼睛感受你的心跳吧
让我轻柔触摸这丰盈的水世界

我在泥泞路上越奔越远
却越远离江浪拍打海浪的潮起

远方苍茫亮白
迎着大海的方向
一排风力发电机转动巨大的翅翼
带我们做了一场不能起飞的飞行

可能我要一无所获
可能我需要一双眼睛的宽慰

在黄昏转暗的遗憾中
它们皆向我摇头拒绝

作为失败者，我不能将失意写在脸上
我与河流的决绝赛跑
是想在明亮的风声中
留下我的爱和脆弱

风车转出世界另一面
我相信此刻，只有沧海显现在乱泥地里
我回过头，赫然听见身边骨骼脆响
是你的肩臂，先于我长出了——
一对蓬勃而洁白的翅膀

吴颖丽

我曾被春天温柔以待

在一株挺拔的樱花树下，
我曾被春天温柔以待，
春意满怀。

它曾用花冠堆叠出耀眼的绚烂，
教我铭记热烈是生命之源。
它还用清芬欲滴的花蕊，
教我对高洁心生祈愿。

而那些飘逸的花瓣雨，
恰似轻抚辛劳的樱花谣，
教我懂得哀而不伤的隐喻。

第四笺

桑眉

那是怎样一个夜晚呢？
他们抽烟、合影，说似是而非的事
我们嬉笑、簇拥着去买酒
路过白天目睹过夕阳的石桥
霓虹正把一条简朴的河流，装扮成
桨声灯影般的“秦淮”
月亮在小镇上空垂帘
是一面寂寥宝鉴
当时并未映照出什么端倪
传说中的红胸鸟并未出现
荆棘在黄昏时分路过的墙头
封锁一朵蔷薇……
但后来我哭了，你不知如何安慰
我们紧紧抱拥
像两块突然铁了心的石头。滚烫的石头
——那是怎样一个夜晚呵！
又深又沉

林莉

馈　赠

一棵栾树，开着花
站在河对岸
被风吹着，轻轻颤动
暮晚剩余的霞光，穿过了它
在对岸，它旁逸斜出
先是明亮的，接着慢慢黯淡
几近于无
当我来到这里
远远地看着它
绚丽的花朵
举着一束着火般的忧郁
多像是某些偏执的念头
开着开着，就落了
我确信，我曾见过它
我想起，昨夜在梦里
树下
那些在生命中来到过的人
又走了

白
兰

相安无事

二月 风还凉
鸟儿在树上的巢里 鱼在水下
芦苇花带着去冬的荒凉
春风吹过空荡荡河套
我在滹沱河北岸 满眼都是热爱。
我知道哪一片将有马兰花盛开
哪一片 鼠尾草紫色的小辫子将串起一滴滴雨水
芦苇的深处 一定有鸟儿正在孕育
多么安静的河岸
如果掠夺者不来 这里的一切
将一直平静地活下去……

黄昏中一只鸟窝

太阳要落山了 我还坐着。

太阳落下去了 西天一片酡红
一只鸟窝在高高的树梢
多么温馨。 望着它 我想象着一家人。
一阵风吹来 树梢摇晃了几下
一阵风吹来 树梢又摇晃了几下
真怕它掉下来。

现在鸟窝比夕阳还高
也高过了流水和芦花
而在晚霞中 它越来越黑。

起身回家 我望了望天边
天边一片酡红
我笑了
今夜没有雨……

草人儿

我爱过了世间所有的事物

盆景不大，但装着真山真水
浓缩，微雕，手掌大小
一个迷蒙的小世界有另一种精彩

山水间树木矮小葱茏
雾气弥漫
苔藓爬过一座小桥
都那么小，正如我的小心事

轻柔地指着一处山坡
在这儿，给我盖一座小屋，毛草的就好
我爱过了世间所有的事物
最终只爱着小花、小草

雪　夜

炉火通红，林中一座房子透着亮光
火苗照亮的
还有窗外的雪
点点白
晃动着窗内的夜晚

此刻我们坐在炉边
沉默不语

炉火噼啪
这是整个世界的声音
抖动的火苗近似于一种爱
燃烧，然后毁灭
化为灰烬

邓晓燕

闪耀

一本新诗集闪耀
光和雷
向她发出邀请
她露出笑意

因为她知道这些光
是聚集了所有的黑暗
就像月色的封面

她知道这本书的意义
爱的方式是交战
来吧！书脊上图案的火花
来吧！诗句里大海无量漩涡的可能
来吧！他脸上的火苗

她接过新书抱在怀里
怀里仿佛有了奇妙的金属声

李成恩

海　蛇

一条蛇是一条完整的爱
它扭动的腰肢连接世界与我
海边的我敏感，一触即发

我的羞愧游向大海
我的爱光滑如一根管道
固执的人走到海底
软弱的人永远感叹时光易逝

一条蛇是一条完整的爱
不可分割的黄金比例
越游越欢乐，越游越自由

明月升起
我的羞愧洁净
在大海上晃动

不要喊我
我沉浸在我的世界
如果你猛地喊我
明月会从半空落下

一个溺水者在大海里挣扎

那是海蛇的舞蹈

通电的大海在我体内翻滚

大海整夜在呼救

那是海蛇发出的美妙的歌唱

鲜花的语言

鲜花没有死亡
鲜花的嘴唇鲜红
如朝霞喷涌而出
鲜花的语言金光闪闪

我寻找与我对话的语言
我找到了芳香的语言
芳香的舌头柔软
我找到了蜜蜂的语言
蜜蜂的牙齿尖硬

我口含一朵鲜花
学习蜜蜂贪婪地工作
我盘旋在你的梦里
将甜蜜的花粉
弹到你苦涩的唇边

袁绍姗

散 步

黄昏的时候，习惯和自己散散步
每天活好几次，衣服的都有故事

天朗气清，往山上推一块巨石
如果下雨，摘几朵小巧的蘑菇

爱笑的星星，需要孤独的仪式
像衬衫需要口红，像魔术师需要兔子
白马已至，我就是自己的圆桌武士

一颗铃铛，一头大象，一只猫的日常
芦苇撑起万物之谜
一朵荷花在晚风中独唱

有些我瑰丽倔强
有些我野蛮生长

飞翔的时候，收起降落伞
相爱的时候，打开遮阳板

仿佛明天全无恶意
仿佛往事皆可原谅

无 题

凌空折下一根宇宙的枝丫，
沉默是最安然无恙的对话。

闪电软柔，人们在光中劈柴喂马。
以山岳为师，对井的荫翳一无所知。

去当自由的粒子，做幸福的无名氏。

大海飘着逼真的冰块，
生活是一连串混沌的无解。

时刻凝视深渊的漆黑，
生之圆满，在于巨大的留白。

善意无形无色，
宇宙某个深处的水龙头又掉下水滴。

唯独恶意不可能是抽象的。

川美

或 许

穿过那些圆形桌子你走过来
弯来弯去的弧线，像长长的海岸线

我一眼就认出了你却不是
原本以为的那个人——这很好

我们握手了吗？最好没握
让该死的章鱼收起蠕动的爪子

并肩坐着，微笑，敬酒
谈起一位旧识，像一同品尝一道加菜

某个瞬间你是否像我一样走神
虚构一张桌子，日常的早饭或晚饭

或许，本该重读一遍灰烬里的旧信
允许另一场婚礼发生并打开另一扇门

当然，或许也要允许一只盘子破碎
然后，面对面跪下，收拾残局

当然，或许也就没有这么好的夜晚
坐在他人的婚宴上，像坐在剧场里

收信人

你来信问：“你不记得我了？”
我回信答：“我无法确定记得的你是你。”
之后，我们的通信就中断了
像两个因战争而断了音尘的人
现在，面对一张闲置的邮票，轮到我问：
你还记得我吗？
你还给我写信吗？
我把这两句话用楷书抄在打印纸上
又找来一个牛皮纸信封
在收信人的地方写上我自己的住址和姓名
在寄信人的地方只写了“本市”
封好，贴上一张 1995 年版的 1 元邮票
坐七站地铁去离家很远的一个邮局
郑重其事地投进邮筒
第二天上午就收到了回信
太快了！那么快，来不及等待
那张邮票又回到我的手上，像一只鸽子
带着勋章一样自豪的邮戳
眼下，我在思考
我该怎样审慎地写一封回信

风为什么老是叨扰树叶

风，喜欢串门
风，喜欢在四季的巷子里
抽刀断水
遛完人间，再遛自己

风喜欢写诗，涂涂改改
那时绿时黄时褐
时而深褐的树叶
都是风犹豫不决
把心事写在树叶上

当你听到树叶沙沙发出声响
那是风在找树叶谈话
到底是走是留，是爱还是不爱
所有放不下的、攥不实的
都是无法抱在怀里
哭过，痛过
要隐忍着沦陷
反复叨扰的

周簌

凡是美的皆可入杯一饮

山岚中辗转着陡峭的光斑
轻纱下山脊隐约的弧线之美
昨夜宿醉，吐息间酒精已完成了
一次春天的自燃，木姜子的嫩黄缀满南山
岩壁下的一棵罗汉松，选择孤独终老
它的皱褶里，收集了多年的惊雷
开着白色碎花的野草，是三十多年前
小背篓里的雀舌草，多么微小的雀舌！
发出一阵嘹亮尖锐的唿哨
在春天，我是个欢喜得几近破碎的人
从今往后，我只饮用美景
凡是美的皆可入杯一饮
赣江上的渔船，缓缓驶离岸边
徒剩我一人立在半山，举着空樽
满眼深眷，欲走还留兀自意难平

邻　人

此刻秋色那么好，曲水流觞那么好
树木枯黄，着了时间的信念之袍
门前的柿子熟了，但不采摘
任其在枝头枯落，鸟鸣是饥饿的
而豢养的孤独，像藤蔓一样生长

如果此生，还有一个愿望以求达成
我想做你的邻居，让一个日子掰成两个
庄重，寂静汹涌，从指缝缓慢流过
你的眼神里，有一潭幽静的湖水
深深的倦怠，洇出来

我们已厌倦了世故人情
只剩下薄凉却彼此依赖的生命
哪怕全世界的人不爱我，除了你
哪怕众人皆与我为敌，除了你

千夜

谁会来叩开那道雪门呢

只有这点水了
谁会来叩开那道雪门呢
炭火将熄
并没有足够的蜜汁供我舔舐
这个冬天我很寒冷地被一群地瓜围坐
它们告诉我有人在雪地里骨折了
亲爱的我希望那不是你

阿
华

四　月

四月始于一场细雨，被花痕
擦拭的伤口
长出了新的蓓蕾

初秋时节走失的人，曾经活在
风里，云里，迷雾里

现在，他抱着云朵借着月光
在青草地上又捡回了心跳

当一段琴声御风而来
他迷恋的人间啊，河流涨水
麦苗返青

——天也像多年以前，蓝得
坦坦荡荡

云雀掠过松针

我曾在雨中久久伫立，远望
看云雀掠过松针

也曾见过路边的乌桕树
被人抱着哭过
之后，会有另一个人来接续

我曾在林中散步，看茅草
站在水边，像一簇簇利剑

也曾见过高大的银杏，披一身
绚丽的金黄
落在地上，仍是满目琳琅

在梨树镇，夕阳藏到了山后
风在水面慢慢长大
有人用思念，把满天的星辉点燃

——人间种种，都令我贪恋

叶菊如

湖边望

洞庭湖边，不断被我卸下的
是一个浪头又一个浪头

落日，那么泰然自若
渔舟唱晚，便有些轻率了

倘若一朵渔火将凝视珍爱
而阴郁的命运又用尽了那段特别的时间

就让我在你的山河
赦免过往，一步步接近正确答案

王家河记

山茶花开败了，蜡梅
接着开，王家河
挤在去春天的路上，盛开和熄灭
都蓄满了暴力——

几株柳树，围着一条长椅：
那里有你走过的痕迹

忽而阔大的雨，落在木栈道上
让我想起爱消失后
一个个变调的音符

结满水珠的迎春探向我
就像那一日
我把脸埋进你的胸前……

一只雀鸟不是孤独
一只雀鸟站在高枝——
像要赋予翅膀新的含义

秦锦屏

殊途

从菜市场出来，女人
拎着一只扑扑弹动的塑料袋
一颗接一颗的泪珠，正从袋角滴落。
那条鱼，
想起了 她来不及做告别的儿子

女人双臂摆动，
想起即将归家的儿子，健步
如飞。

感　觉

一朵接一朵的花儿，在林间喊我
一回头，我
就被春天拥入了怀中。

卓儿

布谷催春

布谷
一定是只雌性多情的小鸟
不然总是这般温柔婉转
千百次地重复这句——
哥哥插禾

其实无须催促
“哥哥”早就知道
当春风变得火热
田野里漫过金银花香的时候
便是春种的日子
只是他从不怨你叫得多余
即使黎明的梦乡
常常被你吵醒

羽
菡

给大雪

你从玻璃窗外向内张望
在近旁，又在远方

河岸拦腰砍斫的
小树长成树丛，该有多好

那些亏欠的
时光能回来，该有多好

六月，穷尽变化
在你我才知晓的神秘地带

入梦之时
睁着眼，梦了

场灯暗了，舞台亮了
剧场和日常哪个更真

你眼神纯净，呼吸绵长

我想给每一滴雨都起个名字

王怀凌

雨脚时紧时慢，喧嚣时急时缓
众鸟喑哑，但布谷响亮
总有一种奇特的存在替苍生发声
时间的夹缝中，咏叹从不缺席
廊下观风云变幻，感受人世冷暖
坐久了，也有走神的时候
譬如，我想给每一滴雨都起个名字
落在瓦上叫蓝，落在花上叫蕊
落在叶上叫翠，落在地面叫润
落在遥远的云端，叫霞
以及迟到的虹
这些我深爱过的女人
从四面八方赶来，在窗外打探
急于认领属于自己的名份，并与我一同分享
这丰饶的山水和妙曼的时光

春山望

我们要上山采撷刺椿和蕨菜

空气中弥漫着丁香和地椒的诱惑

香气从紫色的烟霞弥漫开来，招惹蜂蝶

绿色浓稠，掩护鸟鸣

酸梨树开出一团团雪白的点缀

壮年时踩出的羊肠小道，被野蛮生长的荆刺与青草覆盖

抬腿欲跨一道石槛

“哎呦——”

匍匐在地的人，顿时有比擦伤更痛彻的领悟

再次抬腿，已跨不过年龄的逻辑学

抬头仰望，有鸟飞过，花朵恣意怒放

而我要采撷的刺椿和蕨菜还在前头，在半山腰

林丽筠

致诗歌

因为不属于我
你随意进出我的房子

一声口哨抛过
倾斜的草坡
唤起狗

太阳从楼缝间升起
我想象，那是我的

两根长长手指
夹住闪烁的烟头

你将去往他乡

你将去往他乡
穿过迷雾。你将坐在船头沉思
听桨和水欢聚，看雾渐渐把你抛弃
你将独自去往他乡

每个人都在晨雾中诞生
每个人都将被霞光照耀
每个人的夜都不会无始无终
每个人胸口都藏一团雾

仔细包好，放进贴身口袋
在出发的时辰，珍重啊——
雾，就是我们的故乡

米祖

静 坐

下午，她路过多次写到的荷塘
从藕写到茎、叶，到绰约的花
不同时期的美，一瓣一瓣，被水举着

此刻，茎秆倒插在水里
莲蓬已空洞，跌在水面做着吸吮的动作
枯败的叶也抓住大把的水不放

它们以各种方式融入荷塘的身体里
似乎想抱住旧的人：轮回，重生
她静坐。水是忧伤的镜子

天色向晚，蜻蜓飞舞
她继续坐在原地，一时
忘了上路

王
忆

闪着光的房子

妹妹从一场梦中
哭着醒来
那年她七岁
她从几百公里的地方
跳到了我的床上

最初在睡梦里嘤嘤地哭
然后变成了一些不满的哀嚎
直至最后，“蓦”的一声
拉开了通往海洋的闸门

第二天我找来一座
闪着光的房子
她一脸惊讶地望着我
说昨晚我梦到的就是这个呀
可是——
可是——
它熄灭了

晓角

南　方

是家门以外的所有地方
蒲公英白了
树叶那样落去路上
在南方
有一个雪人
融化在我手心里

冯娜

淘金者

沿着这条江一直往下走
就是淘金者的荒原——

他们继承了近千年的手艺和心惊
淤泥里的蚂蟥和密林中的蛇虫
散发着嗜血的矿石腥气

金子是一种性命
人们在沙中一遍遍复活它
那些震耳欲聋的坍塌声，提醒着
矿脉也有它的恐惧

雨季到来前，一点点称量着自己
哪怕帷幔中一根发丝般的金线
彻夜不息的冶炼，
翻滚的碎屑吞噬着成吨的光

而在那些黑灯瞎火的遥远世纪
人们在殿宇中大量使用金箔
不仅仅是因为富有，只是试图照亮

杜华

同乘一辆车

小城里的一对老年夫妻
和我同坐一班车
去往另一座小城
老头说话的时候
老太太保持沉默
老太太说话的时候
老头也不插嘴
他们轮流讲述的故事
是他们父辈与小城的故事
在叙述的过程中
变成了他们自己的故事
后来，由于故事的进展
他们成为了一个人
我是另外一个人
他们讲述的时候
我保持沉默
我记下一些句子
汽车在夕阳中飞驰

李爱莲

贺兰山下

蓝有了斑驳，白有了荒凉
踏不平的草，自己收割自己
风把墓园缩小为一粒草籽
土地萧条却有着层层叠叠的死亡和重生

我渴望有一种异样的声调
大漠和黄河，飞扬似号角坠落如琴声
所有的画面满是涟漪
所有的足迹赤裸而荒凉
世界出没，星辰迷陷
马匹经过，左口袋有盐右口袋有枪
涌向笔端的语言闪闪发光

白云追逐白云，寂静跌入寂静
草继续枯黄，风继续浩荡
一个午后，一条好路，我正好抵达我

第五辑

意味诗歌：从无从中写出有

梁小斌

推敲新说

将每一天咀嚼成岁月
再将岁月无条件交给时光
再将时光锚定为
永恒
即是诗魂

何谓推敲
一位凡心者永远只知推门
终于迎来了门轴破损
回归者轰然有声

另有一位敲门老僧回寺
敲击声引出幼童开门
但睡意尚存

幼童出迎的迟缓时刻
敲门声渐急
门轴动弹一下旨在提示
僧人回家
只需轻轻推门

推敲新意

源于推敲者

能否能将推或敲的举动

坚持到底

守住本心

张执浩

三月的最后一个下午

三月的最后一个下午
我洗好了四月要穿的衣服
泡一杯利川红，挨窗坐下
窗外在发芽，或开花
我已经准备好了
周身再无挂碍之物
一切都是诗，任何悲喜
都可以轻松找到我

纪念一棵桂花树

在老哥的院子里落座了很久后
才想起这里应该有一棵桂花树
三十年前父亲把它种在水井旁
二十年前我曾坐在树下看月亮
十年前我还毫不费力地攀爬过
五年前父亲死了，我坐在树下
哭。多好的一棵树啊
每次回来，父亲和我
就在树下面对面坐着
一阵风吹过来赶走了另外一阵风
而当我不在家的时候，树下
也总有两把椅子面对面空着
多好的桂花树啊，我起身去
院墙外寻找，迎面碰见了老哥
“我把它砍了，因为它总是落叶……”
他轻描淡写，他居然会因为
一棵树总是落叶就把它砍了
他居然以为这世上真有一种树
从不落叶，而且还能像
那棵桂花树一样根深叶茂

泉子

诗的意义

当你认识到诗最大的意义
在于修补一个残缺的人世，
并帮助你去成为那个更好的自己时，
你才获得一种真正的拯救，
并终于得以放下
那全部的抱怨
与不平。

耄耋之年的沈先生

耄耋之年的沈先生
绕过他学生为他介绍的相亲对象，
而向与她同行的女儿表白：
“其实，我的心是和你一样年轻的！”
并成为朋友们在此后多年聚会时
被反复提起的笑谈。
而你是在又过了很多很多年之后
才渐渐理解了
这样一份不合时宜的渴求中的
凄美与率真。

齐物思

叶延滨

蓝天之下的一块船板
不是浩波湛蓝的大海

船板搁在烈日下的沙滩
燃烧的空气灼烤一只蚂蚁

船板下指甲盖大的阴影
蚂蚁今天能够得到的绿洲

一只蚂蚁爬过这片沙滩
它勇敢和坚韧赛过非洲骆驼

船板失败于风暴而流落沙滩
失意的船板却成了救赎的圣地

而这只蚂蚁让我看到了自己
一定有另一双眼睛在我的头顶

船板也许是我，蚂蚁也是我
大海和沙滩都是这个世界赠与

心飞翔

梦中飞了起来
我正躺在床上
不是一个最古老的寓言
这是我经历的最新故事
人没有翅膀
心却在飞翔

手机上航旅软件
说我飞行了百万公里
我飞过吗？只是坐着
安全带捆在机舱坐位
一百个不远万里
只因为心在飞翔

心儿永远飞翔
怎么飞不重要
飞翔的心让眼中世界明朗
像诗一样地追赶着远方
飞翔真好，左看月光
飞翔真好，右看太阳！

江
非

风雪之夜

我想我应该用一根木棍
把门闩顶牢
不让风雪推动大门
这样我就可以
安心地睡个好觉
不用在半睡半醒之间，听到有人
在门外拍门
起床冒雪去开门
人睡着之后的心
总是朝向门外细听着
那种一下一下试探着的推门声
往往令人心碎

人应该如此

你应该养一匹母马

和她相依为命

她能帮你很多忙

还应该种一棵栗子树

它会慢慢地长得很高

让你在树下等到坚实的果子

要是再读读陶渊明

就好了

养马，种树

心无旁骛

在树屋上安心地睡着

人有时候

就应该如此骄傲

王山

空镜头

落雪时分
灵魂格外平静
纷纷扬扬
覆盖了隐秘的心事
雪在脚下发出细碎的声音
突显万物的寂静
当然也寂寞
洁白
放眼望去
满目的空镜头
我看不到人迹
只找到了
620 年前
明代侧柏的感觉
一切终将老去
落雪亦如流水
当我突然想起
一位已再也见不到的友人
还有第二位
第三位
雪
依然在缤纷落下
如花瓣之雨

梁尔源

潜行者

当湖水在编织灵感
湖面就显得沉默
用激情抚摸的镜面
静谧将波粼隐匿起来

倒影里有万千潜行者
不会借反光的机会
点缀一下落在深处的星星
也不可能在世俗的杆影下
咬住沽名者的钓饵

湖边的那座名山
再高再重
也轻轻落在湖底
静静地修炼
它，不会从水面探出头来

梦天岚

黑色鸟

如何去判断——
它带来了什么。

它的翅膀并没有穿越——
我们想要的。
也不可能去成全——
某个可以覆盖的夜晚。

我们有自己的星辰，
它们是我们辛苦结下的果实，
一伸手就可以摘下。

至于空出的枝头，
就让它们一直空着。

那些看不见的飞翔，
就当是所有的秘密。

早晨的湖泊

够了，那些光。
那些被光及时看见的水鸟，
它们的翅膀正在掠过湖面，
掠过那些升腾的雾气。
此时的天空刚刚睡醒，
它的厚眼睑耷拉在四周，
像群山的倒影。

只有在这个时候，
你才会亮出自己的骨头，
亮出悬挂在鞍下的宝剑和马群的嘶鸣。
它们是你结下的冰凌，透亮无比。

陈亚平

陶渊明闲居田园

你在诗中认识家乡的樵夫和村农，带桑竹的草屋
想象山上的嵇康，偶尔也把丘陵变成江河
你自我调侃的快乐，更像伤感的清谈
隐藏一丝淡泊的锋芒，散魂一样留恋
远影在夕辉的疾风中出世般地后退

刹那间，你心里一阵灼心的翻涌
是不屑于做官，还是不屑于清隐在家
玄学贯穿的诗道，从血液里让你吃惊，这样生息的灵魂
正如风吹稻叶，那黄金孕熟的山气
还乡诗人的悠闲，是在游吟中采菊
还是像真正埋名的逸士，无奈中，安居唯一的苦隐？

你从松风沁肺一样的怀乡，到乱云飞渡一样的还乡
比起绝望的苦行，心窝里沁出的宁静
又有谁知道，你不比别人更幸运
立志在山野种豆，柴门中弹琴喝酒
嘴里风一样卷动，和农友穿插往事的谈笑
脸上穿透的碎辉，正如你青春初绽的诗歌气
失去约束的无边的松弛，散而不空，淡而有味
在乐府般的叙事变换中，又夹杂排偶的尘外之思
时而带一股泥土的湿风，忽而带山峰轮廓的野性

苏轼漫游赤壁

是诗歌改变了鼎盛的宿命，还是生活本身
像戏剧的循环，好多年
你把庄子想成孔子，诗可以不怨，可以逍遥
天命中最彻骨的忧思，只为诗歌博爱或疼痛
赤壁山下，史诗一样布景的江山
止于玄学的完美，你把老子看成孟子
着魔于用泰山比北海，用诗衡量天下

在黄州，你时时回忆屈原单薄的背影
了解终生热血的写作，好像预感你自己
从秋空的月影中，追叹韩非当年血骨的剑气
像浓云的庐山或西湖，刺心一样的灼痛
你只为范增畅写书札，眼神掠过百年文学的沧桑
把空气当成笔记，粮食当成诗

脸上燃烧美学风格的激昂，正如你箭一样的中年
文风大露峥嵘，纵横雄辩的变革者
多少年，以诗为词的盛评古今，是你最执迷的巅峰
带着线条混乱的笑容，你再一次唱和陶渊明
诗中刮来空峡的凉气，气势随意而又和韵错落
在凌乱的笔触中，力求空透融入化境

姚
辉

说书人

——惊堂木有可能在风中发芽

嶙峋的说书人被大把
夕光搂住 他还
说起过什么？旧年的风
掩了多少情仇爱恨
社稷由数不清的灵肉
构筑 说书人咣当一声
扯开史册的骨殖

烈焰与马：戈矛撞击的云
有可能变得灰暗 变得
比较接近历史的真相
祖先在泥尘里哭过
祖先又该怎样沿传说之影
正确地远去？

惊堂木开始错愕
它想从自己的纹理中
揪出那片弧形
雷霆 它想顺着疾风进入
谁难以辜负的麻木？

鸦 又驮走了

几尺山河

而说书人在上个时辰
变哑 他笑着
他 终于背弃了这
最为曲折的倾诉

灯

我喜欢那盏
泥质之灯 像喜欢
巴掌大的水声里那只
贴地旋舞的蝌蚪

光芒黝黑 这
不只归属于我的光芒
照着泥土古老的
种种伤痕

如果给我一盏
铜制的灯给我一片
珐琅式火焰
我能否想到旗帜
并替你找出旗帜不可
估量的痛?

而你捧着的灯
是石质的

那些青草型的灯
咻咻奔跑在

原野上

谁在抢先制作黑暗？
谁给了灯存在的
理由及勇气？

在熄灭之前 灯
将与颤抖的蛙一起
作出回答——

汤红辉

惊蛰雷声

挟雷霆万钧之力
穿透云霄向人间敲响警钟

泥土深处的生灵
打着哈欠抖动着肉身

凡人皆苦
他们尚不及这些小小虫类

我的一个至亲，正在梦中，飞蛾扑火
我的一位朋友，正飞往梦中，不能自拔

雷声中，我削发来到莲台之下
发愿闭关七日，诵经千遍，渡人，也渡己

雁西

时间头顶上的白雪

从时间的开始到末端
一丝丝忧郁
突因不幸而沉重，身体不自在
甚至是无法解脱的
与死亡有些关联的，尽管
还有些早
但确切的已经开始
头发间，尤其是两边开始夹杂着白色
父亲走时开始出来
一些，母亲走时又出来一些
又过了三五年
被月光，被冬天的
雪霜，被时间之手轻轻抚摸的伤口
活着的紧张
看见周围的每一个人都开始紧张
所惊醒的是，太快了，一生如此的
惶恐，灵魂不顾一切地游荡
东南西北
像鸟的翅膀，不再飞翔
在巢中等待
少年从这一刻消逝，找不到了
即使照片，回忆也断片

像当年我从北京回赣南过年时
看见父亲头上的白发
慢慢长在我的头顶上了
年轻人看见我说：你看上去
还很年轻
我知道：安慰，意味着不再年轻
染发，染黑了头发却染不黑时间
每个人，都将老去
但不能白白老去
从海口到洪江从北京到巴黎
从巴黎再到洪江
那些海水爬过山翻过太阳
变成云
也是时间头顶上的白雪

罗振亚

盼　望

按下记忆的故乡键
楼的森林便迅速隐身
雪花开始围绕着村庄飞舞
公主与城堡都不用去堆
没有灵魂的东西很容易融化
村庄就是一个美人

雪花在轻盈地下落
含苞的思想渐次绽开
雪乡干净清凉
一望无垠
不辨魏晋
洗澡后的麻雀陆续归巢
有人踏着雪光回家

盼望
想家时
心空里总能飘上一场雪
像夜里那盏风灯
墙上那幅春水

雪后的村子

在白纸上写下一横
村中就闪出一条笔直的沙石路
一竖才刚刚落笔
各家挺拔的房屋纷纷站起
当一撇还是一个念头
风中就飘出几十缕温暖的炊烟
一捺的位置尚未找准
后山坡上着急的青草便绿了
可是再点下那个“点”儿
引出一场鹅毛大雪之后
村子仿佛一下子矮了几分
人们走路的姿势也有点下沉
生在高纬度的村子啊
冬天和土地的海拔并未长高
在它们面前不要过于谦卑

吴茂盛

西　山

我从远方归来
像夜晚星星的火焰
漂泊不定
遗失雨水，残雪和粮食的马
河西之山
你是从哪里来的
如同我亲手写下的诗
你流水的声音
仿佛一朵巨大的睡莲
在我的梦中
飘落
绵绵的雨春天地下
瑟瑟的风秋天地吹
我看见你的眼睛有言语
嘴唇在眺望
你从哪里来
一双蓝天的凝眸峰回路转
孤单的玫瑰只向你诉说
落寞的日子都为你破碎
西山
我是归迟的孤舟
迷失于黑夜之中

梁鸿鹰

想念一次流星

记得那年夏夜在野地里无意被惊起
一株流星滑过头顶
思绪竟没来得及认真微笑

记得那年秋季从课桌上抬头向窗外望
一只小鹊的幼稚眼神被捉到
像心跳刚从深海苏醒

记得那年冬季挽着儿子走在街上
路边一只小银狐紧追不舍
呼吸差点被它右耳后的小斑点俘虏

记得那年夏天奇冷
晚燕的头顶落满鼓噪
一再决意感悟心意颠倒的运气

中
海

非想象

无穷尽的终点书写，让我们难以为继
去往火星的旅途即将结束
线条在平面拐角突然向上，像随意性
书写的无限可能，这些多么费解的
你我之间哲学，离开我们
向远古的孤独泼洒——
一个人的苦思和冥想

我想：悬停于数亿光年之外的暗物
是否是落单的祖先？想象到此
为止。我来自先祖的灵魂，来自消失的
肉身。写作是一场争辩和处于下风的
时间暴动。在不可能飞奔而去的
座椅上，将键盘敲出灵魂的声音

光在缓慢移动，像袅袅炊烟
清晨，哦，没有清晨。生火的容器
将光的一生缓慢消耗
我从醉后的碳原子中争脱出来
太空漫步，作为紫色葡萄般光子的我
对尘埃的吸引力一如既往

但我写的是虚构文本，并以此合成
虚无屏障。屏障以外的空间
空间以外的空间……
宿命论作品，无法企及
互为陶醉的灵魂与光
在一把尺子和一把灰烬之间
我是唯一识破非想象的人

子　夜

他们围坐在一起，袅袅之影
近似于蛇，他们皆呈锤子状
起落于钉子般月光之上

缭绕意藉，有觉悟者起身
他的袖中藏有抹香扇骨
藏有灵性的无风之法

君子在昏影中被蛇唤醒
“身子数段，才足以到人间”
他被摁着肩不可以动
致幻术让他的头紧贴墙
“五百年变回的小青，不抵御
更不暗香浮动”

尚在昏睡的书生
梦游至田径，朝代不详
“月色之轻，轻过梦
小白隐于白，而腰缠睡意”
书生跌跌撞撞回到袖中

无常中，他们各自散去
各自隐入四壁的淡青里

刘翼平

大自然的影院

在云母溪看日出
就像小时候
坐在电影院的最后一排
远处的晨空
就像那又低又宽的银幕
那块银幕
先是淡淡的鱼肚白
然后是一抹一带一片橙红的朝霞
慢慢的
一粒一圈一轮红球
从前方岭尖上吐出来
染红了整块银幕
连周边的空气都红透了

在云母溪看日落
就像在环幕影院
置身在鹅翅界的山口
就像站在环幕影院的中央
你的头顶和四周
全是绚丽的晚霞

甫跃成

大风歌

一百年间有几次
林木中有大风吹过？一百年间
有几次你正好站在大风之中，辨认着
海棠香、木樨香、缅桂香
又或是松针与柏叶的香？

十年前，在绵山路。
二十年前，在司马台。
三十年前，在故乡的山巅。
大风吹动世界的衣襟，把我吹成
天地的一部分。

那时我站在故乡的山巅，
听大风吹过阵阵松涛，一路远去；
直到这个正午，在阳光下，
在历史中，在空无一人的库尔勒沙漠，
它才终于带着沙枣花香
吹回到我的面前。

金呼哨

赛局理论

经济学分支的赛局理论
提出过 " 胆小鬼赛局 " 的理论模型
酷似美国人玩命开车对冲的游戏
如果女人先转弯
而男人没有转
就会被耻笑称为胆小鬼
如果双方都转弯，就是和局
如果双方都不转弯，那就同归于尽

问题的关键点在于
相不相信对方是玩真的

罗鹿鸣

以湖为镜

我站在湖边
以湖为镜整理衣冠
突然瞥见五千年前的自己
那颗古旧的心
与现在长得一模一样

我曾把自己弄得很时尚
不再是一副土得掉渣的样子
我曾跟着现代化东施效颦
丢失了先祖耕地的耙犁

没想到被这清澈的一照
彻底现了原形

罗铖

说光阴

泉水埋住了岩石
夜的深处是树的天空
树那么静，天空虚无地生长
秋天降临在荞麦花上
它们应是我的姐妹
寄附在无数沉寂的梦中
领着我正好看见：泉水奔涌
而我如减速的行云
行云爱着流水，唯天地
空悠悠，星辰以飞驰无声地赞美

周
朝

被握紧的民间

裤脚上滑落的风声 以及方言
低缓 简陋 通俗 土生土长
一望无际的农事搁置下喘息
朝阳用力所能及的微光照拂寄托的种子
给原乡一个家书抵万金的理由
你出发的早晨或者午间 一定是这样

异乡无处不在 无所谓有 也无所谓无
路途没完没了 像一条漂浮的河流
从一个站台到另一个站台 你都是陌生人
被握紧的日子隐退 再生 数不胜数
时间的舟楫渐为旧物 你还在躬身
在芒种降临之日 一株麦子成熟 闪耀光泽
你内心的田垄 历经收纳 甄选 蕴藏
成为众生的意义
第十二道金牌来自五月和民间
脊背上张望的云朵 已匍匐了人到中年之久

杨卫

感 觉

感觉
像一块玻璃
透明、发亮，并且易碎
早上醒来映着太阳
夜晚睡觉含着月亮
有时候会被雨击打
有时候会把风划伤

错　位

我写过许多关于月亮的诗

但一直没有写过看月亮的你

这是因为月亮出来时

还没有出现你

你出现时

月亮却掖进了云里

罗广才

刮　脸

在没有了医生的抢救室里
安静和躁动已阴阳相隔

在丫头的喘声中能听到泪水
慢慢凝干，又不时地渗出来

“爸，我要回家拿剃须刀”
“我有。”丫头似乎惊喜，很快又被惊恐覆盖

五层刀片
锋利地在丫头的姥爷的脸上滑动

丫头停止抽泣，眼睛睁得很大
她是担心刀片会划伤她心爱的姥爷

我扭过身去，不是恐慌
而是期待那锋利的刀片能刮出血来

如果能刮出血来，丫头就不会再难过
丫头不难过，我也就好过了

那是多么慈祥多么干净的一张脸

脸上没有血，甚至连道刮痕都没有

她的姥爷在火焰中走失了
21 年的相伴也扑不灭的一种燃烧

丫头在很长的一段时间里
空举着火把

邓建华

铁匠铺：不断地敲打不断地坚强

很多的人和事走了就没有回来
你忧心忡忡

我知道 你是怕这条街睡着
必须日日夜夜敲打
让这个声音引导
不让手艺迷路
你这是一支什么曲子啊
怎这么耳熟

我能否有个请求 师傅
我想做你的徒弟
把一大把浑浑噩噩的日子融化
把一大堆鸡零狗碎的文字淬火
把一双朦朦胧胧的眼睛熏蒸
然后 扛最重的锤
随着你的指引
高高举起
锻打一副副脊梁骨
尔后 去网售

杨廷成

割草的父亲

少儿时的记忆
是那条深深的土巷
飘着麦香味的炊烟
笼罩着山坳里的小小村庄

割草归来的父亲
踏着疲惫的夕阳
一柄寒光闪闪的弯镰
诉说着乡村的苦难时光

他养的一栏羊群
美丽的眼神如星星一样亮堂
陪伴他拉车的那匹老马
踏过故乡的田埂时那般膘肥体壮

他脚踩在春天的露水上
寻觅着每一处青草疯长的土壤
他沐浴在夏夜的月光里
倾听着每一次马嚼夜草的声响

他知道大山里的每一处草场
那些风中摇曳的节秆野蛮生长

他这一生最喜欢的声音
就是那镰刀割草时的嚓嚓作响

直到那一年的那一天
失散的牛羊们不知去向
这些土地上的子孙们
持一张车票含着泪水背井离乡

父亲说他闲暇时还去村外
去那些洒落他一生汗水的地方
那些盘根错节的青草已没过膝盖
时常将年迈的他绊倒而痛断肝肠

割了一辈子草的父亲
面对孤独而茂盛的草丛唯有忧伤
这些长势叫人惊恐的野草们
最终要将这铁打的庄稼汉子埋葬

末
未

体面记

“人不要脸，土地要！”这是父亲当年
怒斥我敷衍劳动的雷声，想起
就再也不敢怠慢手中的月亮刀

土地的脸，在土边边，在杂草
——野火烧不尽。在一把月亮刀
它生来就是众草的克星

在我三天两头，放下闹不够的人间
跟泥土厮混，跟菜青虫站在一条战线
争夺豆芽菜的领空，接受阳光的灌顶

每当给土地修完一次边幅
我会把满头的汗水抚摸一遍
顺便摸摸自己，风不调雨不顺的脸

但每次看见亲爱的青菜，在春风中得意
有时我草屑加身，又蓬头垢面
也觉得是一个体面之人

黎
阳

布书包

这书包上的每一个针脚
缀有母亲灯下的光辉
从挎上书包带的那一刻
足迹带有学子的方正

书包的重和岁月的轻
落在无涯的更上一层楼
此刻，不再踉跄的目光
收拢着千里雪和纸上的喧嚣

只有布才是我今生唯一的属性

慈母手中悬挂纺车的线坠
那些铅芯凝结着厚重的本质
行走的草木都是纯棉的
我无法卸载书包上的暖意

因为这布是遥远的根系

韩宗宝

落　日

我看到落日
惟一的落日
抬高了天堂镇寂寞的街道
那些和天堂镇有关的阴影
正在被逐渐拉长

奔跑在屋顶上的光线
绷紧又松弛下来
落日平静 坚定有力
最后一次展开天空的袍子
威仪染红整个人间

这奇迹中的奇迹
让人震撼 刻骨铭心
我屏住呼吸放慢了脚步
和落日一样
我也应该俯身吻这土地

落日一再压低自己
它仿佛想要说出什么
在落日之后 我将看到
黑暗和低语的群星 天堂镇
熄灭过的灯盏将次第重新亮起

张震宇

桃树下

阳春三月，江南的桃树开满了朝霞
我伫立一棵桃树下
感觉生命如此美好
倏然，我看见一朵桃花
和一朵鸟鸣，不小心被同伴挤落枝头
我慌忙伸出双手，本想二者兼得
结果，我只接住了鸟鸣
任那一朵娇艳的桃花，沉重地
摔落在地面上，宛若
身患重疾的春天，咳出的一口鲜血

文佳君

和一棵树一起清净

此时，那树还站立着
树木会沉思吗
我站立在树旁
但我终究会离去
树总会比我站立得更久
此时，我拍了拍树的肩膀
并用力踢了踢沙土
然后，趁无人抱了抱树
旷野如此静悄悄
我能听到树扑扑的心跳声
我再次肯定了自己的站立

满　夜

黑暗中，如果叶子成为夜的舞者
那么，你一定有双敞亮的眼睛在看着天空

今晚，小天使布下了清风明月
我落草而生，并拉开夜幕肆意驰骋

莫汲

与墨语

要用实实在在的一笔一画
开启水墨的旅程
把山写到没有棱角
把水写到没有一丝波澜起伏
从万千沟壑写到一马平川
最后，收笔必须要峰回路转
将暗处的陡峭，写缓
让自己慢慢过去

与一场暴雨对峙

天空与我们，究竟隔着多远距离
第一滴雨还未落下的时候
云层就给出了答案

它笼罩着群峰、春天和若有若无的暮色

像新生的吊兰，等待狂风
暴雨的呼啸而来

要多倔强才能挡住霹雳的过往
要具备多大的勇气，才能如同大海接受
突如其来的暴雨，并且
不起一丝波澜

万辉华

小老虎

在三墩乡 遇上小

老虎

在众人的怀抱里 宠辱不惊

我望了他的眼眸

湛蓝湛蓝

三墩乡 好大一片森林 我们都是一棵树

小老虎 无拘无束

谁能对视小老虎

那是天宇射出的一束骄阳

姜灿辉

野菊花

粉红的花瓣旋转着
托起金黄的花蕊，像一把把
迷人的伞，漫山遍野
忘记了往事的尘埃。

单飞的蝶

用触角舞动心灵的旋律
爱便在温馨的阳光下
在绿油油的草丛
闪烁着迷人的光泽

用寂寞的舞蹈
走一段心路
梦幻般的单飞
只为寻觅那个深情的微笑

仿佛从庄周的梦里翩翩飘出
又在梁祝化蝶的音乐声中
渲染春天

张建军

听《二泉映月》有感

这山泉是一根丝线，流淌一湖巍峨的水
密密匝匝的蝴蝶
从你的手心里游出来。从惠山松树的涛声飞出来
弯曲的弓在马尾上疾驰
草原高远
那样多的蝴蝶，像是月光的翅膀
一只追逐着一只
卷入红尘之中的涟漪
藏匿在礁石丛里的蝴蝶
擦拭松脂和高粱穗子
它们的光泽，
梳理你如云的青丝
窗前的那一枚梧桐叶
落满了昨夜的虫声
你起舞的衣衫和水袖
在黎明之前渐渐熄灭，火焰的言辞覆没
呜咽的虫声是一湖冰凉的水。是惠山上的马蹄

我们梳洗身子。啜饮湖水中的月光
在月光中拂动逝去的容颜
渔火洗涤星辰，草木之间有卑微的花朵凋谢
千万只蝴蝶从马鬃的弓弦里游出

穿过湖水的桨橹。山路陡峭

一条河，收集了一匹烈马的嘶鸣

东来

月光下的鱼尾纹

一点儿都不讨厌月光
尽管它常照见我们的隐私、比如接吻
既希望它有，又希望它无
我希望看见它醉了的样子
又不希望它看见我醉了的样子

月光下常有花蛇出没
它负载着人间的一切美好与原罪
又有鲜血送着尖刀游走
流淌着聚与散、爱与恨、血与火

举起刀，把月光割开一个口子
交还给你血、放逐满眼诡异的蛇
有一首《月光奏鸣曲》
它是不是在掩饰看到的一切
人所做的一切就是不断地隐藏
不管是美好是丑陋
还是乔装成美好的丑陋

吴洋忠

秋之平原一瞥

平原上，乌云压得很低
与田野上的绿色相映照
乌云绕着屋顶，弥漫在
橙黄色的树冠和树叶间
那不是银杏，更像白桦
在乌云和大地之间
以远处浅山墨影为
背景。突兀又鲜明

徐春芳

雨霖铃

蝉声里，乌云行走得匆忙
你的背影在细雨里萧索
芭蕉叶上泪珠幼嫩的婆娑
开始了此刻无尽的因果

那天，梅花是你脸上的晨妆
蔷薇在风中颤抖着阳光
浮生如小船在湖面搁浅
千万种心绪叫得荷花红红荷叶田田

我没忘，月光如残雪飘落
那短暂的回眸更让我害怕
我在玻璃窗上抚触雨滑腻的倾诉
进入一封信，你已是模糊的字迹

花开花落，是人世的缘法
残阳在枝头上含笑而不答
世界是蜷缩在黑暗角落里的一只小黑猫
命运不小心就踩了它一脚

青山新添了一笔白头
落款的月光 陈旧而忧伤

我的绝句和日子散发着酒香

让梦中身氤氲了一段花前过往

禾
页

常宁山遐想

在医院
老者讲述苞谷和玉米
常宁 是一座山
垦掘风的躯体
伤病把五十年藏进
一层一层黝黑的皮肤
就在今天
问黄土索求十五或二十米
把生命向下渗透
离开草甸
种植自己
弯腰与跪拜同时进行
匍匐 汗水滴落眼镜
我想
背朝阳光的时候
不需要戴眼镜
让汗水滴在土地的缝隙里
会长出盐来

胡杨

天马

只听说过它的影子
一直在草原深处的苜蓿中游动

只听说它的嘶鸣
连接着雷电和暴雨

只听说有一只鸟儿
在捡拾一粒草籽的时候
借用了它尾巴上一根鬃毛

而它，也用鸟儿的羽毛
编制了自己的翅膀

看见山坡上的那些马
似是而非，好像
无法挑选
它们的影子

李晃

朱自清故居吟哦

荷叶上的朱先生刚睡醒，
我和春天的脚步轻之又轻。
沿着荷塘月色走向安乐巷 27 号，
担心踏破先生童年的梦之外壳。

外面的世界如此喧嚣，
这里为何如此安静？
原来是万物都拧开自己的耳朵，
聆听他给后人上的最后一堂课。

解志荣

在春风里捉迷藏的孩子

春风里捉迷藏的孩子
躲进虚掩的门后
叮咚声响，催熟的脚步临近
孩子啊孩子
扯上一堆理想与梦覆盖自己
自以为
四处寻觅他的命运之眼就会视而不见

在春风追来赶去的院子里
我也曾打捞过泾渭分明的梦境
如今的我和你，暴露于尘土飞扬的俗世
用粗粝的双手和厚厚的脸皮
回馈这个春天给予我们的遮掩
报答上天赐予我们曾经鲜嫩的生命

秦风

天上石林，时光的裂缝

“磨砺，钻石取火的誓言
犹如火焰，从石头的内部点燃。”
太阳照在高原上，像燃烧的石头
从无人之境的内部腾空而起
石林，像高原上掉落的天
那是无人认领的命运
并空怀乌蒙山的断臂之痛
所有的峡谷，都生长深渊的力量
肉身乃绝境，真正的道路是绝壁
都粉身碎骨在自己的最高处
石林的周围，需要深谷与天坑
用来盛装，大地无以咽下的苦水
明天，将会从岩石裂缝的一侧
从天而将

陆雁

湖畔

坐在湖边
仿佛落座于杯沿
微风识趣，吹动杯中浮沫
一朵掉队的闲云
跻身于储酒的壶中
举杯，湖面竟然先我而醉

过路的蚁群扛走食物碎屑
沿湖边爬行
它们并不在意终点和起点
少年们下水打捞菱角
随手捞起一把碎银
这些细小的事物
会带动水面泛起涟漪

迟到的人还在山路盘旋
因为等待，水鸟飞得低缓
一些人从湖边返回他们的人间
像落日裹挟着余晖
从江湖隐退

第六辑

硬汉写作：体验的快感

赵
原

黑夜黑得就像兽群闭上了眼睛

那天晚上
我们一直在跑
黑夜黑得就像兽群闭上了眼睛
我和老刘、老崔、小王
还有三姐
我们一直在不知疲倦地跑
风很大　裹挟着坚硬的麦粒
打在我们脸上
我们穿过了铁路
和正在成熟的庄稼地
踢起来的尘土
弥漫在大平原上
最后 我们跑进了大平原的最深处
虽然路还长 但是
我们终于可以喘口气了
三姐问：我们还能
原路返回吗？
没有人回答她
黑夜中的大平原
比我们想象的还要大
还要幽深
而深秋的水银

正在一点一点

把它淹没

孤独时画惠特曼

用了一个晚上画惠特曼
画完后就撕掉。用心地画了
惠特曼的眼睛、鼻子、牛仔帽
和大胡子 画完后就撕掉

画惠特曼时必须准备一支烟斗
大号的、树根做的、烟嘴上必须有
深深的齿印。还要准备一小块马皮
把命运给过的 都在马皮上摊开

画一笔就收不住了
用心地画了惠特曼的眼睛、鼻子、牛仔帽
和大胡子 然后撕掉
就可以读《草叶集》了

樊子

见字如面

会爱的人都在月亮上荡秋千了，
会哭泣的人也会在月亮上荡秋千。
大地上只留下我和一头骆驼，
骆驼哭瞎了眼，它不会在月亮上荡秋千，
它跟随着我，
我不介意，月光明亮的那刻，
我在读一封情书：“见字如面。说一下
我在月亮上的糟糕境遇：
眼前总晃动一条狭隘又狭长的影子。”

荒　原

今天的荒原，它的沼泽和它歪曲的轮廓
我拿疾风吹过，我知道它有美
比如一只羔羊失去了母亲，会借助疾风把咩咩声传得很远

黄明祥

隐 居

随便养一些鸟，从鸵鸟的奔跑与企鹅的潜水
看见飞翔。从杜鹃与喜鹊的鸣叫中
分辨喜悦与悲伤，从鸽子的身影分辨鹰的爪痕
从大鹏的展翅，发现飘落的羽毛
把它们当病句疗养

夕阳是披头散发的狮子

加油站对面，围墙下的拖拉机
剩下一副架子。车前趴着的藏獒
吟哦，咕隆，蹿至吼叫，腾的
想要挣脱。它像发动机又被装上
大漠或者习惯了，夜幕将降临
我想，是夕阳。它是披头散发的狮子
远了，仍在隐隐咆哮
离镇子很近的山，有一副犬牙
一台挖土机停在那里，攀缘天空
老妪坐在枯木堆上，合拢手心里的影子
木匠穿着皮裤与马甲
踩在三角的木马上拉锯，在笑
露出的牙洁白整齐，像镶嵌的玛瑙
一个年轻人大喊：干什么
麻雀飞了，我按下了仓皇的快门

霍香结

船 歌

我要挖一艘船，它埋在水里
我挖出船头，挖出船尾，挖出桨
水很深，大片大片的水被我挖伤

我要挖一个月亮，它埋在水里
我挖出蟾蜍，挖出桂树，挖出满天的星斗
水很深，大片大片的水被我挖伤

我要挖一盏灯，它埋在水里
我挖出黑夜，挖出光芒，挖出涌入的荡漾
水很深，大片大片的水被我挖伤

我要挖一颗心，它埋在水里
我挖出雨雪，挖出仇恨，挖出我永无边际的哀殇
水很深，大片大片的水被我挖伤

我要挖一盏灯或者心样的东西，它在水里
我要把它挖出，我的灵魂的爱人
水很深，大片大片的水被我挖伤

洪水要来的心情急切，我们
来不及幸福，南方有传说的距离，

小岛和沙滩同样遥远
此时的我还走在祖国的阡陌

辨别秋色和故园的异同，
篱笆，老房子就在前面，不及
采菊的心情，当头发白过纱巾，
一个异国女子会来，会来看我，

她无意间祭冢的旧文，如诗如画，无比满足
彼此诉说理想和距离的可恶，
我们把人生倒贴过来，没有沙滩
也没有关系，照样坐在邻近冬日的下午

欣赏南风，更加具体的细节都忘了，
我们轻易地谈论着死亡，
这个时候总有树叶突然凋零砸顶，
心镜变软，闪落的刹那

默吞了打击，羞赧顺便结痂成疤，
我不小心说到我曾经暗恋过一个
像你这样的女子，那个时候城市总是灰色
却又恋恋不舍……

程维

西西弗斯

推石上山，徒劳而无功算我
最大的自矜，一首诗写出，随即
忘掉，又写另一首，由是而再
重复与循环，与被动较劲
力气越大越无用，撵石头往上走
顶峰是可以达到的
但只是又一次开始，喘息如此真实
证明我活得生动异常，充满竞技
而对手，永远在肌肉里
西西弗斯死了，因为他停止
现在轮到我接过石头，它很轻
只是一只皮球，与轻比轻，山上
绕满了云，我写的诗又到了一个早晨

李海洲

湖边的圆木房子

你怀疑自己要在这里重新开始生活。
当鸥群引领风声把你唤醒
阳光舔过树和窗棂，解封了早晨。

你发现久违的灵感从天而降
一梦之后，很多诗句突然活过来
他们在房间里穿来插去
偶尔有一两句涌出纱窗
盘旋向高树。

很快，你被寂静从床上提到岸边
湖水沿途抽穗
那声音消磨掉不该有的前程。
你沿着木栈道走了很远
心里沉积多年的薄雾正在散去。

你计划过的逃逸仿佛就要实现
流水当断则断，蜿蜒到从前。
有多少俗世应该舍弃，任其烟灭？
有多少归隐之心状如沙漏。

阳光追捕浪花，潮湿着早起的过客

你低头想问题，然后放弃。

你知道所有的暂停都会被迫重启。

姚
彬

芨芨草

芨芨草开花了，在悬崖峭壁，时令被花期代替
黄色的花药，纤细的毛发，戴着薄薄的雨披
鸟儿一只只从它头上飞过，没有停留
偶尔投下的影子让黄色变成了浅黄，让雨披
变成了雨被。从没人到达这里，我是个例外
我想到悬崖峭壁展览自己，这里排列着
整齐的荒芜，芨芨草占据了更有利的位置
我最多是个过客

陈仓

地下通道

为避开一条河，我们必须
让部分时光从地下通过

有一束光在出售旧衣服
有一束光在弹唱一首民谣
还有一束光带着孩子
在出售易碎品和自尊心

他们整日整夜守在这里
这些阳光照不到的地方
更容易生出皱纹与伤口
他们像一群彼此不认识
而又共处一室的陪葬者

我参观过许多王爷的陵寝
与地下通道相差不大
唯一不同的是缺少两个出口

石　头

外星人早就登陆人间
它们的家遍布大地
而且在眼前不停地旋转

只不过我们看不懂它的心思
光线是它的语言与歌声
恰恰我们不能发光

你看看那块石头
它唠叨个没完没了
而我们总以为它在沉默

郁葱

阔叶树

我最早认识的树，都是阔叶树，
北方多杨柳，多榆槐，多桃李，
阔叶树如北方一样阔大，
叶也绿也黄，
果也熟也生，
叶片宽阔，叶脉成网，
总觉得，它跟北方山脉、河流的纹理相近。

几乎所有结果的树都是阔叶树，
阔叶树爱拔高，爱成林。
说是蒲柳贱质，不堪大用，
它自是卑微，但你看那鸟巢，
都筑在卑微的树上。

有的几岁，有的百年，
每个村庄，都有百年的老树、老宅、老人。
北方很多村庄叫杨庄或是柳庄，
每次路过，总想像那里应该杨柳成荫。
阔叶树总青涩，在俗世，
阔叶树有静气，在人间。

窗外那些有些年份的阔叶树，

树越大，好像寒暑就与它无干，
阴晴与它无干，
雨不雨风不风也与它无干，
风不吹，那树不动，
风吹，它也不动，
那阔叶树一树沧桑。

有些人一辈子，长成了叶子，
有些人一辈子，长成了树。
那阔叶树满是灵气，
无论绿树还是枯树，
都有独特的神圣和神性。

阔叶树遮天辟地，
阔叶树单形独影，
一树绿叶之香，
几颗青果之涩，
若悟世事，皆问阔叶树之枯荣。

丁
成

搬　家

书籍衣物被褥家具
桌椅板凳电器杂物
统一装箱
搬家公司
动用了一大堆工人
肩扛手提
平板车上下倒腾
花费了整整一天
才把它们从楼上运到楼下
装车出发
去往夜心里的目的地

而我只用了几个句子
就完成了一次搬家

陈陟云

茶马古道

“马背驮负的是生存，”接过马缰时
我并没有忽略那牵马的手：突露的青筋
宛如古道，隐于黧黑的土地
沿坡而上，隐隐发光
“之后就是山，山山相连，如牙齿
在牙缝间，你只会听到马蹄的回响。”
或许，我该不是第一次在山中习骑
对应于某一朝代，敝人擅骑，尤精箭法
策马，张弓，瞄准：哦，在历史的射程内
一个彪悍的男人出现
死过千次之后，他会如期再死
但脸上刀劈的疤痕，却是生字最重的一撇
扯着他斜扣的帽檐
他的马匹精壮，马帮强大
杀戮之事，仅只是烟杆上轻冒的火花
他们嚼在口中的话语
酸甜苦辣褪尽
散发着女人吻别的留香
花梨和云杉漏下的光影
注入身下的泥土，如水，催生爱情和死亡的种子
长成娴熟的骑术和刀法
他们的头颅，系在马缰上

更是系在远方的梦中

一箭射出，我在倒下的一刹那，只看见
高高的云杉树顶上高高的白云，高高的白云上高高的蓝天

施浩

繁星洒落大地

繁星洒落大地
繁星映照我的村庄
我的村庄居着自由的牲群
盛开一块块草丛
和孩童唤牧晚归
这样情景
在我记忆童话里闪现过
山连着水
水连着天
天连着我的遐想
月亮上的女孩
最亮的那颗星星
飘落在我的窗前
邪恶就被驱赶了
我从黑夜里逃离
挣脱噩梦的捆绑
乘着河水向北延伸

在夜空中行走
繁星是我的方向
我光明的使者
有一天，在那里安居

我邀你一起饮上红酒

邀你在草坪谈论诗歌

女人翩翩起舞

花朵窃窃私语

赶车人流涟忘返

打更人匆匆顿足

……

等繁星散尽之后

我便抛开谎言

去拥抱你

贺永强

风中的种子

风摇落一地枯黄
一粒种子从前世来到今生
它驻足枝头细耳聆听
风的呼吸
深情注目寻找风中的道路

种子穿上金色外衣
裹得严实
并非冬天的秘密，这些保护装置
在弱弱的风中荡漾
像极了我肩披蓑衣
一路出发走过高山大海
在四季的轮回与邀约中回来的神情

种子
流动的时间在大地上短暂停顿
见证延时的事与人
一一细细迈出脚步
观察这生命的序列如何重新排队
渐次走向下一段征程

它已经回来

并即将出发

朝向明年春风

怀揣种子的人生

期待与命运十分雷同

刘
春

小花朵

这是每年都会出现的特殊竞赛——
季节用梦想造句
大地上，喻体星星点点

它在开放，嶙峋的身子迎向光阴
姿态切合你内心中的
某种细微愿望

侧身走过，你看到日子的甜
在草尖悬挂，或在风中飞散。这幸福
不动声色却刻骨铭心

江
雪

考古学温床

潜水钟罩，沉沦与深度。

我们仰浮在死海里，呼吸，观察海上星空。

海底，废弃的城堡与巨轮，

考古学温床，时刻告诫我们——

天堂与地狱之间，

最黑暗的

隧道，潜藏在大海里。

而大鲸，沉沦与深度的另一种

考古学温床，

伟大而绝望的潜水艇。

车延高

汗　水

铁被敲打时，可以迸射出火花
痛，是成型的代价

这个铁匠也许心软，但不会手软
落下的铁锤斩钉截铁

我站在一旁看
比铁锤重的，是落下的汗水
用以淬火的也是汗水

帮铁匠把苦日子兑换成好日子的
还是汗水

慕白

姚家源独坐

在江上游
处世无奇的姚家溪

一座独木桥横跨两岸
一把淡蓝色的雨伞飘然而去

临渊羡鱼，这宁静这缓慢
和我有关吗，我站在风中

白云山庄

就这样全身袒露
山依恋着水，水环抱着山
保留自然的姿势，踮起你纤细的双足
依偎在我的怀里，如蝴蝶的翅膀
窗外，山路十八弯，水流九曲连环
水还是白色的，山依然是青色的
野草绿着绿着就黄了，山花开过也就谢了
树换了多套服装，蜜蜂与云雀早相忘于江湖
把生命交给大自然，落英果腹，沧桑为饮
百转千回后，山不改执着，水依然纯真
天黑了，星星三三两两出门散步
冒失的夏蝉在密林深处，倏地长啸
你玫瑰色的樱唇，轻轻动了一下
狡黠的红润迅速逃逸，又佯装睡去

风

言

无声告白

父亲，要出远门贩运山货贴补家用
八岁的我和母亲，一起到村口送他
不知是委屈，父亲离家引起的恐慌，还是什么原因
我拽着父亲的衣襟低声啜泣
母亲在一旁哽咽地小声劝着
一辈子不懂得情感表达的父亲，只是沉默地
用他满是烟草味的大手擦着我小脸上的泪痕
我们一家三口和父亲的马车，立在
村头的雪花中
马蹄铁踏地的声音和辔铃的回响
搅湿了周围的空气

成年后，我因一桩生意要外出数月
妻和小儿子到车站月台送我
同样八岁的他
同样是雪花飞舞
同样拽着我的衣襟低声啜泣
同样是妻在一旁哽咽地小声劝着
同样沉默的我用满是烟草味的大手
擦着他小脸上的泪痕
同样是远处的汽笛声搅湿了
周围的空气

此后的人生境遇中

总有那么不经意的一瞬

——总有那么不经意的一瞬间

那张挂满泪痕的小脸，就像

一列列隆隆的火车

轧着肋骨搭就的枕木

——缓缓驶回我的心间

法

清

窗 外

刚过去了一列铁锈红的火车

现在过去了一列蓝色的火车

如果我猜的不错

下一趟

将是一列黑铁皮的火车

这行文字还没有敲完

一列黑铁皮的火车

就开过来了

它的头部

已经出现在窗子里

三头狮子

三头狮子
正在围捕一头野牛
一头咬住野牛的气管
吊在野牛脖子下面
一头咬住野牛的屁股
拉住它不让它逃走
第三头狮子跳在野牛的背上
咬着野牛的脊梁
野牛坚持了一会儿
终被狮子撂倒
太阳高挂在天空
猴子紧张地在树上跑来跑去
庞大的野牛队伍
离这只野牛倒下的地方
已经越来越远了

绿岛

外婆的月亮

大山的最深处住着我的外婆
就像大山的最深处住着神仙

整个七月的夜晚
我们躺在寂寞的土炕上
烘烤窗外的月亮
听她讲述绵长绵长的故事
后来，外婆就去了山里
留下我一个人
在山坳的深处守着孤独的落日
也守护着外公
背着柴草回家的单薄身影

所有的一切都已经成了故事
恰如所有的故事都成了一切

这一年的中秋
我突然想到了大山里的外婆
也想到了当年那轮
熟悉且冰冷的冷月

没有雪的冬季

北京一夜之间就丢失了童话

没有童话的日子

我好想啊

虔诚地把外婆从大山里请出来

静静地供奉在

我那些苍白而贫血的诗歌里

陈劲松

草原之夜

我们远道而来，就是为了用诗歌
来盛放这干净的夜色，清澈的星空
和辽阔的安宁
我们像一个个“领取圣餐的孩子 *”
在青藏的天空下，那些暗藏的喜悦和期待
被这高原上的草原之夜一一兑现

群山起伏，按下跌宕的心跳
众草噤声，秋虫拨响明亮的丝弦
歌声渐熄，一篷篝火的余烬
有着呓语的温度
那只闯进我们帐篷的蟋蟀
和我分享了
一个宁静的梦

* 注：西川诗句

杜立明

平　静

把屋子、长江、大块头的意象送走
在喜欢的溪流边坐坐
放下一生、往事、笔
放下脊梁，把一切变柔软
用记忆反哺
把音节从铿锵调柔顺
把一些名字放在口中嚼碎
逐步下咽

我在长椅上，等待另一段路程
备好说法，正确的和错误的
至于周围的目光
能有多少就收割多少
很多赞美需要搁置
不再归拢

停　留

在风景里停留久了，误以为
内心，有用不完的格桑花
可以借给田野和邻居
渴望，蜜蜂飞过，赞美飞过
不会有枯叶，从深秋
光临，我可以经常性地参与盛开
这些虚幻，保持光和香味
保持圣洁，无需猫着腰
在虚构的坚定里
行走，我存于年龄中的皱纹
因此少了一些
有些颤抖的词，愿意从喉咙里
逐步吐出来

瓦四

大雪覆盖小麦地

大雪尘封的小麦地，像丢失多年的记忆
绿油油的麦苗还在，只是呼吸而不说话
像没人认领的孤儿，在大雪覆盖中自言自语
用圣洁的雪把自己灌醉。故意迷失回家的路
一根看不见的绳索牢牢套住脖子，回头仰望
天空像个巨大的帐篷，和大雪协议覆盖小麦

我和小麦一样，活着的目的
就是看着自己死去而后复活
每一条路都是绝路，要寻找出路
你必须了解自己，趁自己还活着
月亮失去童话的功能，只有大雪替代

大雪不再收留你，小麦像一颗子弹
从冬天一直哭到夏天。我看你的时候
你一个人站在旷野，没有答案的周末
没人看见，你把金色的胡子亮出来
我看见一张圆鼓鼓的笑脸

郭建强

攀缘记

攀缘中
汗珠滑过额头、下巴、颈项
像是回返的往昔，滚热地昭示你

一步步踏稳
新来的山风翻阅你的僧衣、发肤
和根器

这是清洗
在世间，在梦里，在云彩写就的经文里
在现在，在此刻，在脚步的交替中

鸟鸣亮出火焰的形状
习诵的声韵破壳而出
从陡峭处转出白云的台阶

鹰在盘旋
两枝美茎绕臂而生，万朵青莲舒展

告别记

就在真正告别的时候
熟悉的景物变形，陌生起来
像是穿行在一个渐渐真切的梦里
每一瞬，都是撕裂，而酥油在一点点凝固

就在想要回头遥望的时候
泪珠沉重地涌出眼眶，敲砸着指间滚动的念珠
而口中正好念诵的是一句：“不还不复来……”
不能回头，不能回想，不能说……

以后
要用自己的血画出这一切

魏荣冰

耳中月

耳蜗的复杂结构让一只耳朵拥有
钟表的心脏。
大地上万千个声音穿过狭长耳道，
终于听到滴答一声。

月色像爬山虎爬上庭院的断墙，
四周突然陷入寂静。
苔藓眼看就要长到脚旁，
使劲跺一下脚，卷起白色的回声。

许多夜晚被一座庭院层层围裹，
生活露出幽暗的井口。
嘈杂与欢闹：白天的面孔
在星辰中降旗，成为一种古典仪式。

背后岁月犹如河卵石砌筑的长堤，
有时延伸，有时垮塌。
藏于耳中的那枚弦月，
长夜中敲响你们不曾听见的细节。

许
氶

空地里常有古老的事

和往常一样，我又去隔壁那片空地里
寻找，两年前看到的花蛇。它很小
上次见时，它在我面前唱歌，随后轻轻地
游走。而我跟在后面，耳旁的歌声
回响，却薄如蝉翼。这几年，
一些更古老的事，会在梦中惊起。
好像在说，曾有无数花蛇，来这里聚会
篝火边手拉着手，而我，是其中一条
那时，路边生着野果，青草苍郁
空地铺满一片碧蓝的海，常有无数波纹

第七辑

孩子的诗：天真之歌

朱雨晗

米花筒

我在米花筒里

看到了

妈妈

正在米花筒里

看我

兔　子

我把兔子穿在身上

我就变成兔子啦

何筱柚

香 蕉

香蕉吃多了腿会变弯，
因为香蕉是弯的。

云　吞

我想吃云吞

用天上的云做的那种

何孝乔

说　诗

天黑了

橙橙的晚霞去睡觉了

下雨

地面软软的

树叶水滴下来

我张开嘴巴

滴到我的嘴巴里

薛元霖

快点慢点

电梯啊
你快点快点
我好赶快找到哥哥
不让爸爸妈妈等太久

今天啊
你慢点慢点
我又不想幼儿园毕业了
我还想跟我的陈老师在一起

火车啊
你快点快点
我好想赶快到妈妈的老家
看到我的姥姥姥爷

哥哥啊
你说话慢点慢点
不然
你就吃掉了我的勇气

妈妈啊
你听我慢慢说

不然

我说的话

就被弹了回去

游若昕

艺术家

小狗麦笛
在我们家里
走来走去
东看看
西看看
眼神中
充满了好奇与渴望
它在我们家
生活了十年
也
好奇了
十年

仓颉造字

在整理奶奶遗物时

电视机旁

有一个遥控器

遥控器上面

贴着一张纸

还画了

许多图案

电灯

表示开关

耳朵

表示音量

眼睛

表示频道

古人仓颉

创造出的文字

在奶奶身上

似乎一点用

也没有

吴伊然

封　印

你被我封印在了时空的夹缝里边

你永远逃不出去

这时空的夹缝在运动

扭曲着

只要被星星吞噬掉

你永远回不来

你也会变成星星的一部分

你现在还在时空的夹缝里面

只有输入星辰密码

你才能出来

时间的夹缝已经静止了

它永远不会动了

你被封闭在星辰的夹缝里

蓝色的区域

不久以前，不久以后

单睿

不久以前的种子
不久以后的稻谷飘香

不久以前的入山三日得同行
不久以后的眼前便是分水岭

不久以前的未来
不久以后的历史

其实
不久正是
现在的影子

杨翔健

换　牙

我把每次换下来的牙齿
都收拾放好
装进盒子里
就像在收藏
长大的痕迹

庞雨辰

月亮爱写诗

月亮爱写诗

它每写好一首诗

就折成星星的形状

铁头

镜 子

镜子镜子告诉我
你身上的白色斑纹是哪来的
它没说话

镜子镜子告诉我
你身上的水泥印是哪来的
它突然裂了

我想起来了
嗯呢
真是抱歉
原来这都是我留下来的痕迹
牙膏残渣
和漱口水
只是不确定
当时是开心还是在发疯

姜二嫚

天上的星星

天上的星星
我说话时
它们就围过来
我一停下
它们都散了

银　河

我从房间出来
仰起头
看见一整条河
在天上
瞬间好想跪下来

像是有人往夜空
撒了一袋面粉

我望着银河
它在慢慢往下坠落
感觉自己
正从地里升起来

在白亮的星星之间
我相信一定还有许多
黑色的星星

我并不需要
再写夜空的诗
它本身就是一首诗

我旁边的爸爸
不是我爸爸
而是银河的一部分

月牙朝我笑了一下
下山了